我的同學是一隻熊

文 張友漁
圖 貓魚

作者序

濃霧裡，有四隻熊在跳舞

從小在山上長大，相較於人，我和植物相處得比較好。

阿里山巨木林編號17號巨木，是我的朋友，他已經一千七百歲了，許多人去阿里山玩，我是去看朋友；花蓮玉里水源山區，有一棵橄欖樹，他是家人也是朋友，他已經一百歲了吧！他們安靜，總是樂於傾聽；他們慷慨大方，一次又一次的分享這片立於天地之間的森林的故事。

當我想念他們，我就走進山裡，他們總是有辦法讓我躁動的心，平靜下來。

我很小的時候就學會獨處，可能是住在山裡的緣故，鄰居少，又相隔很遠，我會自己爬樹、自己摘花，自己在樹下閱讀。

長大以後，在城市生活，有空就喜歡往山裡跑，看樹，看山，看霧，看野花。有一次去太平山，走了檜木原始林步道，來到觀景臺，以為可以得到一片美景當獎賞，沒想到調皮的霧站在那兒，張開他的手擋在我面前說：「不給你看。」

我的視線穿過濃霧，竟然看見四隻熊在霧中跳舞……

有霧的山和森林是仙境，霧裡的世界，是童話。

下山回到城市，就寫樹、寫山、寫霧、寫熊。

一直想寫熊的故事。熊深邃的彷彿看透世間一切的雙眼，非常的迷人。

有一次，我到一所學校去演講，學生們都在上課，老師帶著我穿過走廊，要前往圖書館。我轉頭看著每一個班級，每個學生都好認真在上課，我忽然覺得孩子們每天這樣上課，同學都一樣，教室都一樣，連老師也是那幾個，一定很無聊吧！剛剛想完，經過三年級教室的時候，我看見一隻又強壯、又高大、毛色濃密油亮的臺灣黑熊坐在教室最後一排，他用的是超大張的桌子，超大張的椅子，超大枝的鉛筆，我驚訝的瞪大眼睛看著他，天啊，熊在上課耶！那熊也轉頭看我，他的頭好大，也露出驚訝的表情：天啊，那個人看得見我！

然後，我和熊相視而笑……

為什麼是三年級？因為熊就喜歡三年級。

很神奇吧！只有作家看得見坐在最後一排的熊同學，以及白茫茫的霧中，有四隻熊在跳舞。

呵呵，別懷疑，作家總是寫她看見的東西，因為別人都看不見，她只好寫出來給大家看。

這本書是我第一次這麼做。寫完第一章之後，就跳到後面寫最後一章，然後一路倒著往前寫，第十五章、第十四章……寫了四、五個章節後，再回頭從第二章寫下去。這不是在嘗試新的寫作方法，而是因為，我內在的悲傷太巨大，要先安撫那悲傷，才能繼續寫這個故事。

這個故事啊，好歡樂、好詩意、好緊張，也好悲傷！

當我決定要寫熊的故事的時候，嘿熊就搬進我的心裡住下，每當我散步、旅行和閱讀，都有他陪著，他會在我看見美麗的櫸木時，在我耳朵旁輕聲的說：「嘿，這個可以放進第四章喔。」

我就是這樣的作家，會帶著自己故事裡的角色，一起散步、坐火車、喝咖啡，也一起聊天，然後，故事就慢慢的長出來了。

寫完這個故事，我的心裡充滿感恩，感恩寫作這份工作，讓孤僻的我能擁有另一個寬闊的天空、豐富的森林和田野；讓我可以擁有嘿熊這個熊同學，在漫長的寫作生涯裡，從不感覺寂寞。

真的好愛嘿熊喔，只要想到嘿熊，我就會微笑。

呵呵，相較於人，我和植物和嘿熊真的相處得比較好。

1 熊同學來了

那一年，我十歲，就讀霧來國小三年級。

那一年發生了一件非常非常非常非常不尋常的事，它改變了我的一生。那時才十歲，說「一生」是不是太早了些？知道一生有多長嗎？

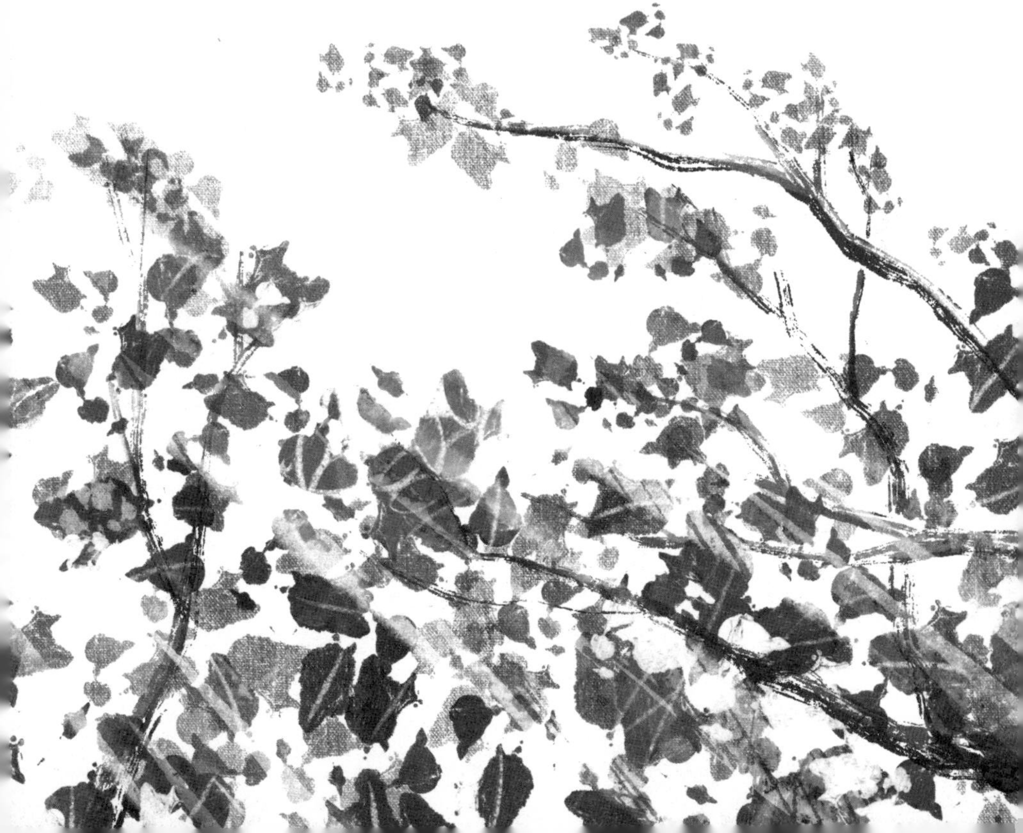

那時的我可能還不知道，現在我十四歲了，它已經決定了我的現在和我的未來。

在我告訴你那件非常不尋常的事之前，我得先跟你們介紹我居住的村子。我們的村子叫霧來村，位於海拔一千公尺高的地方，從山腳下的小鎮開車上來要四十分鐘路程。這條公路的終點是一棵超級大的百年老樟樹，樹形非常美，樹冠很寬大，他很自由，愛怎麼長就怎麼長，只有颱風過後，村長和阿公才會爬上樹，修剪斷枝，免得它們掉下來砸傷人。現在的老樟樹，就像一朵巨大的綠色花椰菜，大太陽的時候站在樹下，超涼爽的。村子裡三十多名村民一起站在樹下，都能享受到樹蔭，這樣你可以想像這棵樹有多大了吧！大樟樹後方有許多條小路，通往各個村民家。

全盛時期，霧來村有九十幾戶人家，現在只剩二十戶，很快就會剩個位數了，因為村裡的小朋友國小畢業後就得下山去讀國中，老人家老到不能耕種，也要下山投靠孩子。只要我願意，我也可以跟著爸媽到山下生活。我爸媽在山下開了一間機車行，比起熱鬧的街道，我比較喜歡有蟬鳴叫的熱鬧森林。陳小果的父母親在市場賣菜，早出晚歸，擔心照顧不了小果，只好讓她留在山上。喜松的媽媽過世了，爸爸開大卡車全臺跑透透，他跟著阿公阿嬤生活最好，放假就下山陪外婆。林亦全爸媽離婚，很幸運的是，阿公阿嬤很愛他。余曉菲不得不留在山上，阿公阿嬤是她唯一的依靠。

千萬不要認為我們的家庭出了一點小狀況，才不得不留在山上，我們很幸運能在這裡念書，因為霧來國小是名符其實的森林小學。山上有一大片茂密的森林，我們會在森林裡上畫畫課，學著認識森林裡的花、草和樹。我們知道冬天的時候，哪些樹會變成紅色；我們知道天空變成哪種灰時，就一定會下雨……我們知道很多你們不知道的關於森林的事。

我們的學校是霧來國小，校門口隔著一片草地和馬路，就是大樟樹，進入霧來村，最先看到的建築物就是面向大樟樹左邊的霧來國小。

看到霧來這兩個字，不用多說什麼，就能明白這是一個霧很喜愛而常常來的地方。霧來的時候，學校和村子就會消失不見，那時候你會進入一種只有自己的世界。有時候我們正在舉行升旗典禮，霧來了，全部的人都在霧裡，誰也看不見誰，只能聽著樂隊的升旗歌想像國旗升上去。很多學校取消升旗了，但是我們還是維持每天升旗降旗的習慣，我們很喜歡升旗的時候霧來搗蛋，那會讓我們很高興，因為可以跟著霧一起搗蛋。比如在擔任升旗手的時候一下就把國旗升上去，然後笑著聽著升旗歌結束。霧也曾經在我們舉辦運動會的時候來，霧讓每個人都以為自己是第一名。

霧其實是還沒長大的調皮的小孩，也可以說他是一隻喜歡吃顏色的大怪獸，如果有一天霧肚子痛，吐了，哇！你可以想像滿山都是美麗的顏色嗎？不過，霧到現在都還沒有吐過。

學校的背後是一片向陽的大斜坡，斜坡上長著各種雜草和一些矮小的雜木。因為面向陽光，也直接受到強風吹襲，所以植物都長不好也長不高。斜坡的右邊和後面就是茂密的森林。

所有的人，都住在學校左側的村子裡。

所有的動物，都住在學校後面的森林裡。

我們和森林裡的動物，一直相安無事各過各的日子。

那天上午，第三節課的時候，我們正在上國語課，一陣濃霧湧進村子，在學校逗留了好一會兒才走。

霧散了之後，一隻熊站立在三年級教室門口，看著大家。所有的人都被這個黑呼呼的大傢伙嚇得尖叫著躲到角落發抖。是的，大家因為太害怕而抖個不停。熊耶！一掌就能把你打飛的熊，竟然闖進人類的村子！

簡球老師本來在寫黑板，轉頭看見熊，也嚇死了！扔掉粉筆，隨即抓起旁邊的掃把跑到孩子們面前戒備著，他的腳也在發抖。

熊依然站在教室門口，看著瑟縮在對面角落的一群人，緩緩的說著：「我—想—要—上—學，可—以—嗎？」

熊一個字一個字慢慢的說著，雖然不是字正腔圓，但每一個字我們都聽得清清楚楚，這隻熊想要上學。

一隻會說話的熊！

「我—好—想—要—上—學，可—以—嗎？」熊又慢慢的說了一遍。因為嘴唇無法密合，所以說話的時候，就會噴口水。

大家看著熊，他的眼神好溫和，肩上斜背著一個樹藤編織的背包，裡面裝著一些東西。他的兩隻熊掌擺在肚子的位置，右手食指的爪尖勾著左手食指的爪尖，看起來有一點緊張。

簡球老師把手放下來，回頭看著我們，說：「會說話的熊不危險。」

然後老師把頭轉回去，問熊：「你為什麼想上學？」

「我想上學，看懂人類的字。」熊指著教室後面的森林，說：「我坐在那裡的樹上看，每天每天，看你們在上課，唱歌，好快樂，我想上學。」

大家朝森林的方向看去。

嘩！這麼大隻的熊就躲在樹上看我們上課，我們竟然都沒發現！

「你為什麼想看懂人類的字？」籃球老師問。

「這樣我就知道人類在想什麼。」熊說。

「你為什麼想知道人類在想什麼？」籃球老師一邊問一邊走向熊，掃把還握在胸前戒備著。

「你們想知道熊在想什麼嗎？」熊反問。

「想啊。」我們異口同聲的說。

熊點點頭：「一樣喔，熊也想知道人在想什麼。」

這幾句對話，讓我們放下戒心，不知不覺來到簡球老師身邊，和熊的距離只有五步那麼近。

「你應該去念一年級，我們這裡是三年級。」我擔心熊不明白，解釋著說：「上學要從一年級開始，過一年後升上二年級，再過一年升上三年級。」

「我喜歡三年級。」熊緩慢的說。

我們看著熊，心裡很高興，熊喜歡三年級。

「一年有三百六十五天，天亮就是一天，三百六十五個天亮之後，就升上二年級。」余曉菲說。我們全都轉頭看著余曉菲，太神奇了，她竟然可以一口氣講這麼長的話。余曉菲不愛講話，一天講的話不超過十句。

村子的人口越來越少，一年級只有三個小朋友，去年沒有新生入學，所以二年級沒有學生。三年級五個，四年級五個，五年級三個，六年級一個。

「學校不能拒絕任何想上學的，嗯，學生，就算他是一隻熊也不能例外。」簡球老師一邊說一邊小心翼翼的走到熊的面前：「你會不會忽然生氣，咬我們？」簡球老師擔心熊聽不懂，還做出張嘴咬空氣的樣子。

熊連忙揮著手說：「不會，不會，熊咬果子，不咬人。別的熊咬人，我不咬。」

「你們想要一個熊同學嗎？」簡球老師轉頭情緒激動的問我們，那表情看起來是他自己超級想要一個熊學生。

我們五個人全都點點頭表示同意。有一個熊同學，超酷的！

簡球老師展開最燦爛的笑容對熊說：「歡迎你加入三年級的小家庭。」

熊微微張開嘴巴，眼睛看起來更溫和了，那是在笑吧！

「請等一下，你需要一張桌子，一張大桌子。」老師請我和喜松到圖書館搬一張桌子，我們兩個個子比其他人高一些。

桌子和椅子擺在最後一排，就在我的座位旁邊，老師讓熊坐下，桌椅的大小剛剛好，高度也剛剛好。

我本來單獨坐在最後一排，現在熊就坐在我旁邊，這麼近距離看著一隻熊，還滿可怕的，我的兩條腿不知道是因為害怕還是太興奮而發抖，兩個膝蓋碰撞著，我無法讓它們停下來。聽說熊的力氣很大，如果熊忽然生氣或不高興，一個巴掌打過來，我一定會被打飛到窗外，然後死掉。

熊轉頭看我，也看見我發抖的腿，他從喉嚨裡發出一種怪聲，接著從背包裡拿出一顆橡實，放在我的桌上：「送—你。」那是一顆戴著帽子的胖胖的橡實，比青剛櫟大一些，很可愛，就像卡通影片裡松鼠抱在懷裡的那種。我好喜歡那顆橡實，忽然腿就不抖了。

老師給熊課本和兩枝鉛筆，熊捏起鉛筆拿到眼前看了看，好像一個人捏著一根小牙籤，那枝鉛筆對熊來說實在太小了吧！

「我們讓新同學上來自我介紹吧！」簡球老師剛說完，忽然想起什麼，他問熊：「你有名字嗎？」

「名字？那是什麼？熊？」熊睜大眼睛問著，一副害怕犯錯的模樣。

「熊，不是你的名字。你是熊科動物，我們是人科動物。你是熊，我是人。」簡球老師解釋完後，開始點名，叫到名字的人就舉起手大聲喊「有」。

簡球老師：「陳小果。」

陳小果：「有。」

簡球老師：「林喜松。」

林喜松：「有。」

簡球老師：「余曉菲。」

余曉菲：「有。」

簡球老師：「黎麥。」

黎麥：「有。」

簡球老師：「林亦全。」

林亦全：「有。」

簡球老師看著熊同學說：「就像這樣，你需要一個名字，讓老師叫到你的名字時，你可以喊『有』。」

熊把手放在胸前，看起來很激動，忽然把右手用力舉起來大聲的說：「有。」

大家都笑了。

簡球老師說：「我們給新同學取個名字好嗎？」

教室裡瞬間熱鬧起來，每個人都到黑板前寫下自己認為最棒的名字：

熊大山、熊大寶、熊威、大V、嘿熊

嘿熊是我取的。

老師把黑板上的名字唸了一遍，好像真的在叫熊一樣。每唸完一個名字就停頓一下，讓熊自己去感覺。

「熊同學，你喜歡哪個名字呢？」簡球老師問。

「我—不—知—道。」熊同學無法決定。

「既然熊同學無法決定，我們就幫他選一個好名字，投票前大家先說明一下為什麼取這個名字。」老師說。

「我給你取的名字是熊大山，因為你來自大山。」余曉菲害羞的用手指一邊捲著肩膀上的頭髮一邊說。

「我給你取的名字是熊威，因為森林裡最威猛、也最威風的動物就是熊。」林亦全說。

「我覺得他想上學，很可愛，所以給他一個很可愛的名字，這個嘿，要發短音，好像在說：『嘿，熊。』我說完，對著熊說：「嘿熊，你好。我的名字叫黎麥，請你多多指教。」

「熊大寶，你看，他就長得一副叫大寶的樣子。」陳小果很乾脆的說：「不過，這個『寶』字太難寫了，不為難熊了，我放棄。」

陳小果長大以後一定是一個很講義氣的俠女，個性乾脆，果斷，不拖泥帶水。

「我給你取的名字是大V，你看他胸前的V字，那是勝利的意思，我希望面對獵人的時候，他永遠都能贏。」林喜松說完，撥開遮住眼睛的亂髮，看著熊說：「我是林喜松，我最愛的樹並不是松樹，而是檜木。」

籃球老師看著大家，露出很滿意的表情：「你們真不愧是我的學生，每一個名字都取得這麼好。熊同學，聽過他們的解說，你喜歡哪一個呢？」

熊轉頭看我，緩緩的說：「嘿熊，我喜歡嘿熊。」

我興奮的從椅子上彈跳起來，我高舉雙手：「耶！嘿熊嘿熊嘿熊，嘿熊，嘿嘿嘿！」

我走到嘿熊身旁舉起右手，教他擊掌：「人啊，很有默契的時候就會這麼做。」

「好，我們現在重新點名。」簡球老師說。

簡球老師：「陳小果。」

陳小果：「有。」

簡球老師：「林喜松。」

林喜松：「有。」

簡球老師：「余曉菲。」

熊

余曉菲：「有。」

簡球老師：「黎麥。」

黎麥：「有。」

簡球老師：「林亦全。」

林亦全：「有。」

簡球老師：「嘿熊。」

嘿熊：「有。」

嘿熊答「有」的聲音，非常響亮，就連剛剛登上玉山山頂的人都聽得到吧！

老師請嘿熊上臺介紹自己。

嘿熊站在臺上看著大家，說了一句：「我叫嘿熊，請大家多多指教。」

嘿熊站立的時候，模樣很可愛，他的身體變得很長，前肢變成手，兩條腿短短的，但是大腿看起來非常結實，走路的時候，因為頭很大，要維持身體平衡，上半身微微後仰。

陳小果不等嘿熊說更多話，就開口問了：「為什麼你會說人類的話？」

「不知道。有一天森林來了兩個人，我聽得懂他們說的話。戴帽子的說：『應該不會遇見熊吧！』另一個就說：『很有可能喔！小心一點比較好。』我覺得人類說話很好聽。」

「你那時候應該悄悄溜到他們背後，說一句：『熊就在你們背後喔！』」林喜松笑著說。

全班大笑起來，好像我們都看著那兩個獵人轉頭看見熊在說話，嚇得滾下山坡。

「你前世一定是人，投胎的時候忘記喝孟婆湯，才會聽得懂人類的話。」林喜松說。

「如果每一隻熊都來上學，我們學校容不下那麼多熊。教室裡進來三隻熊就滿了。」陳小果站起來比劃了一下。

「哇，如果真的來三隻熊怎麼辦？他們走到校長室，叫校長退休，嘿熊當了校長，森林就是我們的大教室。」林亦全說。

這太好笑了，我們又笑到停不下來，林喜松一邊笑一邊拍桌子。余曉菲也張嘴大笑，很難得看見她這樣，平常的時候，她總是一副滿懷心事的樣子，大半天也不發出半點聲音。看來她真的很喜歡嘿熊。

嘿熊看著大家，他的嘴微微張開，那是熊在笑。

校長正從走廊經過，看見我們笑得東倒西歪，停下腳步站在教室門口看我們在笑什麼。才說到校長，校長就突然出現，我們嚇得立即收住笑容。

校長看著嘿熊，說：「誰帶那麼大的布偶到學校……」

嘿熊轉頭看著校長，眨了幾下眼睛，突然站了起來。校長十分震驚，他嚇得倒退了兩步，結結巴巴的說著：「他……他……他不是……布偶……」

籃球老師趕緊走向前去，對校長說：「校長，請你冷靜聽我說。」

「他……是真的……黑熊……」校長臉色慘白，轉身跑開。

籃球老師追了過去，一邊追一邊解釋：「熊同學叫嘿熊，他想上學……」

我們聽見校長憤怒的說著：「蛤，一隻熊來到三年級教室上課，我居然不知道？為什麼？等熊把孩子們都吃了，我才會知道是嗎？」

聽到這句話，嘿熊看著我們，我們也看著嘿熊，嘿熊尷尬的閉著嘴搖搖頭表示，他不會那樣做。

「怎麼辦？校長可能去拿防熊噴劑了。」我慌張的說：「不能讓他們拿那種東西噴嘿熊。」

「嘿熊快點回森林去。」余曉菲跑到嘿熊身後用力推著嘿熊，林喜松也跑過去幫忙推一把。

看我們緊張得團團轉，嘿熊一下子也緊張起來，他朝教室門口快步走去，卻在門口和剛走回來的校長撞了個滿懷。

2 嘿嘿嘿

校長在教室門口撞上嘿熊，嚇得往後倒退了幾步。

看見熊是應該要害怕，他們可是凶猛又可怕的野生動物。

簡球老師推著校長和嘿熊和所有人都進教室去，免得又嚇到誰，他往四周張望，確定走廊上沒有其他人看見。

嘿熊回到最角落的位置，簡球老師推來白板，擋住嘿熊不讓路過的其他人看到。

經過簡球老師的解說，以及看見我們和嘿熊的相處，校長終於放鬆下來。

「你好，我是霧來國小校長羅克東。」校長走到嘿熊的座位前，伸出手想和嘿熊握手，卻又立刻縮回去。

「我叫嘿熊，我的家在森林裡。」嘿熊說。

「歡迎你來上學。」校長說。

「我很高興來上學。」嘿熊說，他噴出一些口水，有一滴噴到校長的臉上。

「在學校的時候，有什麼需要幫忙的，可以找籃球老師或是找我。」校長說。

嘿熊點點頭。

鐘聲響了，該吃午飯了。

「今天廚房來不及幫你準備午餐，你有帶便當嗎？」校長問。

「有。」嘿熊簡潔的回答。

「那麼，請慢用。」校長肢體僵硬表情拘謹，說完便離開教室，他還沒習慣和一隻熊說話。

每班的值日生抬著飯菜在走廊上移動，阿全和喜松端著裝著飯菜的鐵盒，簡球老師和我一起抬著湯鍋進教室。

大家拿著便當盒去盛飯挾菜。

嘿熊從藤編的背包裡拿出用姑婆芋的葉子包裹的午餐。

我們好奇的圍在嘿熊身旁，想看他的午餐，姑婆芋的葉子裡包裹著幾十顆不同種類的橡實果實，和兩串野枇杷。

「你這樣夠吃嗎？」

大家七嘴八舌的說著。

「你吃排骨嗎？你可以吃我的。」

「你可以幫我吃這些綠豆子和紅蘿蔔嗎？高麗菜一定要加豆子和胡蘿蔔嗎？」

「青椒，你應該會喜歡吧！如果你可以把它們吃掉，我會很感激你。」

嘿熊把排骨、綠豆子、紅蘿蔔和青椒都吃掉後，拿出橡實和野枇杷作

為交換。

我們拿起橡實試著咬一口，接著傳出一陣陣哀號，紛紛露出痛苦的表情。

「呵呵，這個太硬了，我的牙齒咬不動，我們的牙齒不適合吃。」陳小果說。

「我的牙齒好痛。」余曉菲說。

「我們會用火煮食物。」阿全說。

「人類會把所有的食物丟進鍋子裡煮。熊就好了，都不用煮飯。」我說。

嘿熊打開另一個葉子小包裹，大家驚呼起來：「是蜂蜜耶！」那是一塊還連著蜂巢的野生蜂蜜。

嘿熊大方的讓我們吃蜂蜜，我們第一次吃到蜂巢蜜，每個人都吃得很開心，教室裡充滿笑聲。嘿熊笑的時候，發出吼吼吼的聲音，我們剛開始有點兒害怕，後來就習慣了，就像每個人的笑聲都不一樣，有人呵呵呵，有人哈哈哈，還有人嘻嘻嘻，嘿熊吼吼吼，一點也不奇怪。

校長又悄悄的出現在窗邊，他看看嘿熊，再看看我們，然後自己不斷的點著頭。

吃過飯後，我們圍著嘿熊說話。

你有妹妹嗎？你睡在哪裡？你摘蜂窩的時候蜜蜂都不螫你嗎？

嘿熊說，他不知道自己有沒有妹妹，他一歲的時候離開媽媽獨自生活。他學會用樹枝和樹葉鋪一張床，有時候睡在樹上，有時候睡在地上。他比較喜歡睡在樹上，可以看星星。熊吃蜜，蜜蜂很氣，熊的毛皮很厚，螫不下去，蜜蜂更氣。不過螫到鼻子和臉也很痛。嘿熊喜歡吃蜂蜜，也愛吃螞蟻。

聽到吃螞蟻，我們舉起雙手把嘴巴摀起來。

「螞蟻好吃嗎？」

「很—好—吃。」

「熊吃蜂蜜，人類也吃蜂蜜，有一些食物熊和人類可以一起吃。」籃球老師說：「不過，螞蟻，嘿熊吃就好。」

午休前，校長透過廣播，要所有的人到視聽教室集合。

我們大概猜到校長的用意。籃球老師要我們先去視聽教室找位置坐下。

當所有人都進入視聽教室坐在位置上後，校長走到臺上，對著大家說：「不好意思，耽誤大家休息時間。我們學校來了一個貴客，也就是三年級來了一個新同學。這個同學相當相當的特別，特別到你們可能會嚇一跳。不過大家不需要害怕，校長確定他不會傷害大家，他只是想上學而已。」

臺下學生竊竊私語，是誰呀？到底有多特別呀，要用這種歡迎大明星的方式介紹？

籃球老師帶著嘿熊從布幕後面走出來。

嚇！新同學竟然是一隻大黑熊！

除了三年級，其他班級的學生都嚇得跳到椅子上。

「新同學的名字叫『嘿熊』，是『嘿，你好嗎？』的『嘿』，而不是黑色的黑喔！」校長說。現在的校長看起來放鬆多了。

「我們讓嘿熊同學跟大家打聲招呼。」校長把麥克風遞給嘿熊。

嘿熊接過麥克風，看著大家，緩緩的說著：「大—家—好，我—叫—嘿—熊，我—住—在—森—林—裡。我—喜—歡—上—學。」

嘩！嘩！嘩！會說話的熊！

臺下的小朋友嘩嘩嘩的尖聲怪叫！

那是真的熊嗎？假的吧！

有人躲在裡面對不對？

是愚人節嗎？

陳小果跑到臺上，拉起嘿熊的手說：「他是我的同學，嘿熊。大家不要怕！」

當大家發現嘿熊很友善之後，開始走向他，觸摸他，和他說話。

校長希望全校師生能保守這個祕密，如果其他人知道霧來國小有一隻熊學生，那麼所有的人都會來我們霧來村，把嘿熊抓去研究，抓去表演，嘿熊會從此失去自由。這時有人說，嘿熊回到森林人們就抓不到了。

「那更可怕，所有的人知道這座森林有一隻會說話的熊，那麼全世界的獵人都會來到這裡，只為了抓這隻會說話的熊。然後會發生什麼事？」校長問。

「其他不會說話的熊也會被抓。」

「森林所有的熊都被抓走。」

「森林被剃光頭，為了要抓熊。」

「對，很可怕對不對？校長會以身作則，誰都不會說，連住在山腳下的老婆也不說。你們做得到嗎？」

「做得到！」所有的小朋友都用力的喊著。

最後校長和籃球老師發明了一種暗號，當有外人出現在村子裡的時候，在嘿熊附近的人就得趕快發出「嘿嘿嘿」的聲音提醒嘿熊，當嘿熊聽到我們說「嘿嘿嘿」的時候，就要立刻安靜下來，動也不動一下的假裝是一隻布偶，這樣才不會驚動任何人，可以繼續來上學。

「你記住了嗎？嘿熊。」籃球老師問嘿熊。

「記住了。」嘿熊說。

籃球老師和嘿熊走出視聽教室。

「嘿嘿嘿。」籃球老師發出聲音。

嘿熊愣了一下，兩、三秒鐘之後才明白這是暗號，他立即坐下來，垂下四肢，低下頭去，動也不動一下。

「嗯，就是這樣，就是這樣，你做得很好。」籃球老師拍拍嘿熊的肩膀：「好了，這只是測試，你可以起來了。」

被籃球老師稱讚，嘿熊看起來很高興。

3 喔，大便請到廁所

新同學介紹會結束了，我們才剛剛走進教室，嘿熊就在講臺前拉了一大坨屎。

跟在嘿熊身後的小果摀著鼻子大叫了起來：「喔，嘿熊，你不能在這裡大便啦！」

余曉菲哈哈大笑：「嘿熊在教室大便。」

我和喜松、阿全也笑了起來，嘿熊好自由，想大便就大便。

我對嘿熊說：「嘿熊先生，作為一個紳士，我們不能在女士們的面前隨意大便，走，我帶你去廁所，下次大便要去男生廁所。」

嘿熊看起來有一點困惑，但還是跟著我、阿全和喜松來到男生廁所。

阿全指著貼在男廁和女廁門上的圖像。

「嘿熊，要注意看喔，這是男生，這是女生，女生有穿裙子，你不可以進女生廁所。」阿全一邊說一邊走到小便斗前面，示範如何使用：「小便就在這裡。」接著轉過身去，推開其中一間廁所的門，說：「大便就在這裡。」阿全自己坐上去：「坐在這裡大便。」示範完畢，阿全彈跳起來，讓出空間給嘿熊：「你坐坐看。」

嘿熊擠進廁所裡，把小小的廁所塞滿了，他轉身坐下，問著：「可以大便嗎？」

阿全退了兩步說：「喔，可以可以。大便的時候要關門。」

嘿熊好不容易把門關上。

「希望嘿熊不會坐壞我們的馬桶。」我擔憂的說：「馬桶坐垮了，嘿熊的屁股也開花了。」

「嗯，嘿熊以後回森林裡大便好了。」林喜松說。

嘿熊上完廁所，開門出來：「大便了。」

我們捏著鼻子探頭進去看了一眼，喜松立即叫了出來：「喔，大便塞住了，塞住了！噁！」

「嘿熊，上完廁所，要壓這個，把便便沖走。」喜松指著沖水把手對嘿熊說：「你試試看，這樣壓下去。」

「好麻煩，好麻煩。」嘿熊抱怨了兩句，卻還是伸出右前爪壓了沖水把手。

「人類好麻煩。」嘿熊一邊走一邊說。

「是啊，嘿熊在森林裡，到處吃也到處拉，超級自由。」我說：「嘿熊，你以後回森林去大便，人類的廁所不適合你。」

我們回到教室，看見教室後面貼著一張新的海報，上面貼著每一個人的照片，旁邊寫著我們的姓名和身高。

老師在貼照片的時候，嘿熊站在旁邊看著。

「你知道我為什麼叫簡球嗎？」簡球老師問。

「不知道。」嘿熊一邊搖頭一邊說。

「我爸爸取的，他說男孩子大多喜歡打球，他希望不管我處在人生的那個階段，有多成功，當球滾遠的時候，一定要追過去撿，這是服務的態度，不管你有多成功，永遠不要高高在上。所

籃球老師

男生 身高178公分 35歲

黎麥

男生 身高136公分 9歲

陳小果

女生 身高124公分

9歲

余曉菲

女生 身高123.5公分

9歲

林亦全

男生 身高129公分

9歲

林喜松

男生 身高134.3公分 9歲

嘿熊

男生 身高180公分

體重80公斤

年紀大約3~5歲

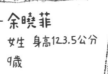

以，我熱愛撿球。」簡球老師說完，自己哈哈大笑。

嘿熊安靜的聽著，不知道他明白多少，我們都聽過簡球老師的撿球哲學，打球的時候，我們都會搶著去追球、撿球，我們也希望成為一個成功以後依然能彎腰撿球的人。熊的生活和人類的生活看起來好像天差地別，熊為了活下去每天的每個時刻都在覓食，人每天工作也是為了活下去，只是，人還有夢想和成功要追求。我看著嘿熊，他是整座森林裡最特別的熊，他是一隻有夢想的熊，上學就是他的夢想。

開學才兩個星期又一天，山裡的二月還非常寒冷，森林還是充滿色彩，楓葉還紅著，一隻熊在濃霧中來到村子，走進我們的教室，成為我們的同學。

我把嘿熊送我的戴帽子橡實，用盒子裝起來，放在桌上，也許有一天我可以用它種出一棵大樹。

我永遠都不會忘記那特別的一天。

4 哪有熊會說人話的？

我放學回到家，阿嬤坐在屋簷下挑菜，阿公在清洗他那雙黏滿了泥土的雨鞋。

經過雞舍的時候，母雞安靜的坐在角落的窩裡，正在孵小雞。波吉衝出來，發出快樂的吠叫聲，用力的搖著尾巴，在我身邊轉來轉去歡迎我回家。

「你們教室是誰帶了那麼大的熊布偶到學校？」阿嬤問。

「你什麼時候看見的？」我驚訝的問。

「下午我去你阿惠姨婆家菜園的時候看見的呀，那熊的頭好大啊！一眼就看見。」

「那是老師帶來的，假裝是我們同學。」我心虛的說著。

「為什麼要假裝是你們同學啊？」阿嬤不理解。

「這樣比較好玩嘛！」我說：「上學很無聊的嘛！」

嘿熊來上學這件事，可以瞞多久呢？

兩個小時之後，我們正在吃晚餐，對面村長家的庭院來了很多人，鬧哄哄的，我和阿公阿嬤也跑出去看。

原來有人說溜嘴了！

「一隻會說話的熊和孩子們一起上課，到底是不是真的？」

村長站在門口，面對村民的質問，他也很無奈，因為他也不知道呀！

「沒親眼見到，我就是不信，哪有熊會說人話的！」

「明天去學校看看。」

「校長就快到了，等會兒問校長。」村長說。

村長長得很像童話中的角色，胖胖的、禿頭，又怕冷，一年四季都戴著毛線帽，因為對冷空氣過敏，經常打噴嚏，把一顆水滴狀的大鼻子捏得紅彤彤的。

「原來那不是熊布偶，是真的熊啊！」阿嬤看著森林的方向喃喃自語著，然後她轉頭罵我：「連阿嬤你都騙！」

然後簡球老師和羅校長來了，村長給他們打電話了。

「學生人數少，也不能讓熊來上課吧！既然熊可以來，那麼以後猴子和山羊和黃鼠狼也可以來上學嘍？」

所有的人聽完都看著簡球老師，好像嘿熊是他去森林裡招來的學生。

「我很抱歉，沒跟您報告。」校長對村長及村民鞠躬道歉後，說：「就讓籃球老師向大家說明事情經過。」

「是真的，一隻活生生的會說話的大黑熊，來到三年級教室，說他也想要上學，想知道人在想什麼。」籃球老師說：「我們也嚇了一大跳，後來發現嘿熊很溫和，他只是想要上學而已，而且一隻會說話的熊，是不會吃掉小朋友的。況且，能和熊一起上課，是很好的學習，孩子們可以在熊身上學到大自然的知識，今天，熊和孩子們都過得很開心。」

村民們七嘴八舌的說著：

「熊，是凶猛的野生動物，如果忽然獸性大發，孩子很危險。」

「很難保證熊不會突然抓狂！」

「森林才是他應該待的地方。」

「這很神奇，不是嗎？熊居然會說話，除非我明天親眼見到，否則我是不相信的。」

「八成是孩子想出來的整人遊戲，他們說，我們一起整那些阿公阿嬤吧！」

「如果讓山下的人知道這裡有一隻會說話的熊，他一定會被抓進動物園。」

「現在不是討論動物園的事，是要討論嘿熊到底可以不可以和孩子們一起上課。」

「他看起來真的很想上學。老師也確認過嘿熊很溫和。」

「熊明天還會來嗎？」

「應該會吧！他那麼喜歡上學。」

「那就等明天，親眼看見親耳聽見，再說吧！」

「這熊學會認字寫字要做什麼呢？他該不會想升上國中吧？」

散會了，很多人還是覺得困惑，一路喃喃自語著。

熊出現在人類國小的教室裡，就像外星人走在人類城市的大街上一樣稀奇吧！

第二天天才剛剛亮，已經有早起的村民，在森林出入口等著熊出現。那條出入口其實是人踩出來的，村民會到森林裡採野菇、散步、撿柴火，我們不確定是不是嘿熊上學的路。

我站在阿公身邊，提防他使用防熊噴劑，他說只是帶著以防萬一，有危險才會使用。嘿熊如果被防熊噴劑噴到一定痛苦死了，嘿熊痛苦死了，我一定也痛苦死了！

一陣濃霧從山谷漫過來，很快便離開；沒多久，霧又湧過來，好像剛剛掉了什麼東西回來拿了，拿了什麼東西就又走了。霧已經來來回回好幾趟，都不見嘿熊從森林走出來。

「你沒跟熊同學說，上學不要遲到嗎？」村長問羅校長。

「他身分特殊，幾點上學都沒關係。」羅校長說。

「也許睡過頭不來了！」阿公說。

森林入口處長著三棵櫸木，樹葉還紅著呢，那是早春冒出來的鮮紅色的嫩葉。櫸木長在那裡真是美得剛剛好，好像春夏秋冬的時尚大師，帶動森林裡所有的植物跟著換上朝氣勃勃的春裝。走進森林沒多久，可以看見一棵粗壯挺拔的香楠樹，那棵樹長得很帥，但是它的葉子氣味不佳，就像阿嬤煮湯開大火時不小心燒到塑膠把手的味道，這就好比一個很帥氣的王子卻穿著臭衣服一樣。不過，只要習慣那味道，香楠樹還是一個帥王子啦！

幾隻鳥飛上櫸木枝頭，吱吱喳喳的帶來一陣歡樂。

上課鐘聲響了。

等候的村民躁動起來。

「大家都在看什麼呢？」聽到這個渾厚嗓音，所有人都回頭看，除了學校師生之外的人，都嚇死了！他們露出驚恐的表情，真的有一隻會說話的熊來上學！

嘿熊從另一個地方走出森林，走進教室，等了半天不見同學們進教室，這才走出來。

嘿熊看見自己嚇到大家了，便退後了幾步。

一陣冷風吹來，讓大家冷靜了下來。

老村長走向嘿熊，在大約三步遠的距離停住，其他人也走到村長身邊，好奇的看著嘿熊。

「你怎麼沒從這裡出來？」村長指著森林出入口。

「我有時走這裡，有時走那裡。」嘿熊說。

「活到這歲數，能看見會說話的熊，還真沒白活了。」村長嘖嘖稱奇。

「說給別人聽，都沒人信哪！」阿公不可置信的說。

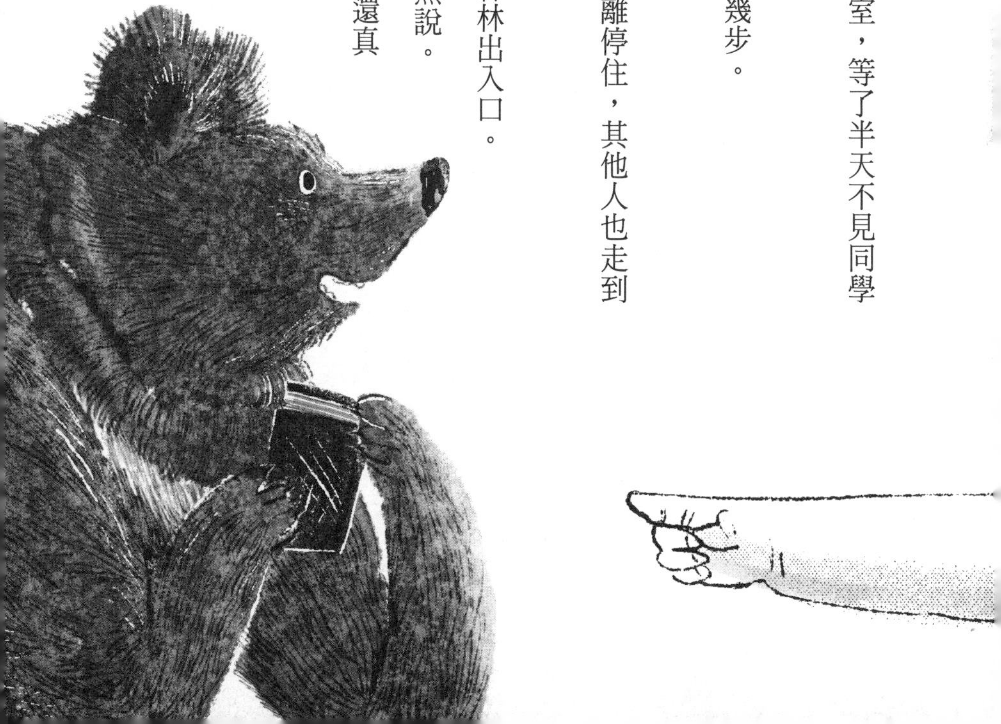

「那就別說給別人聽了。」村長表情認真的說。

接下來更多的村民靠近，圍著嘿熊形成一個圈。

有人試著和嘿熊說話。

「森林今天還好嗎？」

「有猴子打架。」嘿熊說。

「你吃早餐了沒？」

「吃果子。」嘿熊說。

鉛灰色的天空慢慢讓出一小塊給藍天，然後一大塊，最後讓出整片天空，陽光照著大地，也照亮霧來村。

大家都很喜歡嘿熊，都希望和他說上一句話。

村長甚至伸出手來和嘿熊握手。

這個早晨，大家確定了一件事，嘿熊是霧來村的朋友，大家要一起守護這個祕密，不能讓外面的人知道，否則嘿熊可能會被抓進動物園，或者被送進研究單位進行「熊能說話」的研究。

「森─林─所─有─的─熊，也─是─朋─友─嗎？」嘿熊說。

大家愣了一下，看著嘿熊，腦子裡轉著各種答案。

「嘿熊，會說話的熊是朋友，不會說話的熊也可以是朋友，但是我們不認識他們，不能我們把他們當朋友，他們不把我們當朋友。」我說：「你有空介紹他們給我們認識，這樣大家就是朋友了。」

嘿熊點點頭，沒有承諾會不會介紹其他熊朋友給我們認識，他可能在思考，要怎麼把森林各處的熊拉在一起，和霧來村的村民們一起辦個聯誼會。

「如果我爸爸和媽媽回來看我們時，要把嘿熊藏起來嗎？」林喜松問。這也是我們想問的問題，我們的爸媽不是在山下工作就是在南北大城市，幾個月才會回來一趟。

最後，大家決定，誰都不講，不住在村子裡的家人也不講，只要一個人沒有守住這個祕密，都可能為森林裡的熊帶來可怕的災難。

5 熊在說笑話

春天來了，森林四處冒著新芽，讓每一棵樹看起來都很年輕，草地上也開滿了花，這個春天特別美，是我最愛的春天，未來也是，我知道不會有任何一個春天贏過這個有嘿熊的春天。

我給嘿熊帶了兩個肉餅。阿嬤現在每天會多準備一份早餐，吩咐著：「別偷吃，這一份是給嘿熊的。」

一大團霧從山谷冒出來，在村子晃了一圈，很快就又走了。

我腳步輕快的走進教室，嘿，嘿熊已經坐在座位上了。

「你怎麼這麼早就來了？」我驚訝的問。

「天亮，上學。」嘿熊眨著天真的雙眼說。

「天亮，也有分天矇矇亮、天剛亮，天大亮，我們不用天亮來估算時間，我們用時鐘計算時間，還有鬧鐘可以叫我們起床，明天我帶一個鬧鐘送你。」

「謝謝你。」嘿熊害羞的說。

「這兩個肉餅給你。」我把肉餅放在嘿熊桌上。

「謝謝。」嘿熊將兩個肉餅全放進嘴裡，津津有味的嚼著。一個肉餅我要分五口才吃完。

同學們陸陸續續走進教室，每一個人都先和嘿熊打招呼。幾乎每天都遲到的阿全，破天荒的早早就走進教室，他拿了一枝大鉛筆送給嘿熊。

「這是兩年前我們在國外買的，應該是給巨人用的，終於等到可以用它的熊了，送你。」阿全慷慨的說著。

嘿熊拿起鉛筆，握在手上大小、長度剛剛好，嘿熊的眼睛、鼻子、嘴巴都在笑，那高興的模樣，讓所有的人也跟著開心起來。他試著在紙上寫下自己的名字，先前用兩根指頭捏著短小的鉛筆在寫字，多麼辛苦呀！

小果拿來一個紅色的背包，放在嘿熊桌上：「這個送你，讓你放書、筆記本、橡實、野枇杷。」小果從背包裡拿出一個保鮮盒：「這個讓你裝蜂蜜。」

嘿熊眼睛亮了起來，開心的把所有的東西從藤編的背袋裡拿出來，裝進背包裡，然後把空了的藤編背袋遞給小果：「給你，交換。」

小果很開心的收下：「我要掛在牆上，熊編的背袋耶！是藝術品。」

余曉菲也給嘿熊帶了一個肉包子，她輕輕的摸了摸嘿熊的爪子，仔仔細細的看著。

下課的時候，嘿熊和我們一起在操場上跑步，還一起打籃球，他的力氣太大了，總是把球扔過籃球框，如果他想，再多使一點力，一定可以把籃球扔到玉山山頂。嘿熊看見女生們在盪鞦韆，他走過去想玩。

「我覺得，你讓你的一隻腿盪鞦韆就好，不然鞦韆架會垮掉。」陳小果建議著。

嘿熊壓了壓鞦韆，整個鞦韆鐵架就晃動了，嘿熊說：「對，我最好不要坐。」

嘿熊是一隻聰明的熊，我們無法解釋熊為什麼會說人類的語言？最合理的說法就是，嘿熊身體裡有人類的靈魂，所以保留著人的記憶，聽得懂人話，人類的文字再複習一下，記憶就又都回來了，所以他的學習狀態才會這麼快又這麼好。

上課鐘聲響了，在操場上玩耍的學生開始往教室跑。

嘿熊四肢著地，往教室的方向小跑步前進，經過余曉菲的時候，他還讓余曉菲爬到他背上搭便車，余曉菲快樂的笑聲響徹雲霄。自從曉菲的父母親在山下車禍過世之後，她就沒有笑

過，也不愛說話，但嘿熊來了之後，曉菲整個人就像從烏雲裡露出臉來的太陽，一下子亮了起來。嘿熊似乎感覺到曉菲心裡裝滿了憂傷，總是特別照顧她。嘿熊一定是老天爺派來幫助余曉菲的。

接下來的數學課上到一半，籃球老師突然把課本合起來。山上的學校找不到專職數學老師，就由籃球老師兼任。自從嘿熊來了之後，籃球老師上起課來特別帶勁。

「接下來輕鬆一下，誰來說笑話，讓大家開心一點。」籃球老師說。

嘿熊舉手發問：「老師，笑話是什麼東西？」

「誰來回答這個問題。」籃球老師看著大家問。

「就是很好笑的話。」阿全說。

嘿熊的表情寫滿問號：「那是什麼話？」

「很好笑的事也是笑話。」陳小果說。

「沒關係，嘿熊多聽幾個笑話，就知道笑話是什麼了。」籃球老師問著：「誰先講呢？」

喜松舉手：「我我我，我有一個笑話。」

籃球老師讓喜松站起來說笑話。他還沒開始講，自己先在臺上笑到開不了口，大家也跟著亂笑一通。笑有一種很強的感染魔力，一個人笑了，其他人也會莫名其妙跟著笑。

喜松忍著笑開始說笑話：「我阿嬤去年去馬來西亞旅行，去之前就去美髮院燙頭髮，燙得高高的，好像戴著一頂安全帽，哈哈哈哈，一個星期後，阿嬤回來了，她很得意的對每個人展示她的頭髮，完全沒有變形，睡覺也沒有弄亂，她每天都用一根筷子插到頭髮裡抓癢……」

大家又笑成一團，阿松的阿嬤真好玩，我們的腦袋都出現阿松阿嬤的頭髮很癢的畫面。

「哈哈哈，你阿嬤七天都沒有洗頭……」我忽然覺得頭很癢，一邊抓頭一邊說。

嘿熊聽完，臉上沒有表情，看見同學們都笑得前撲後仰，他微微的張開嘴巴笑著，沒有發出吼吼吼的笑聲。

接下來換小果。

「我要說的也是我阿嬤的故事。有一次放假我和阿嬤回山下住，有一天阿嬤走在路上一個不小心就『跋倒』，整個人趴在地上，還好只有膝蓋擦傷。第二天鄰居來按門鈴，說最近不知道怎麼回事，一堆人『跋倒』，她傍晚在公園散步時『跋倒』，她先生跑步時也『跋倒』，鄰居一個八十二歲的老人家下公車時也『跋倒』，我聽到阿嬤一邊大笑一邊說：『哈哈哈，我昨天走在路上也『跋倒』啦！』」

大家都跟著阿嬤一起在山上生活，說的都是阿嬤的笑話。大家笑死了！這麼多人『跋倒』的畫面超好笑的，還好都只是受到輕傷。

「一定是外星人從黑洞撒下『跋倒』粉，讓他們都『跋倒』啦！」喜松抱著肚子大笑著。

嘿熊看大家笑成這樣，也吼吼吼的笑了起來。

「熊在森林裡會『跋倒』嗎？『跋倒』就是跌倒。」我站起來表演一下「跋倒」。

「喔，『跋倒』，熊也會『跋倒』。」嘿熊說：「踩到草，草下空的，滾下去，『跋倒』。」

想像熊一腳踩空「跋倒」的樣子，大家又笑了，笑到肚子痛。

「熊四隻腳走路，不會像人那樣『跋倒』，但是一腳踩空，的確會摔倒的。」籃球老師說：「嘿熊要不要上來說個笑話？」

大家看著嘿熊，嘿熊沒有阿嬤，會有什麼笑話？

我以為嘿熊會拒絕，因為我不認為他真的聽懂「笑話」這兩個字的意思。沒想到嘿熊站了起來，用很篤定的模樣走向講臺。

「那天，我在森林裡尋找食物，看到一棵滿滿都是果實的樹，太陽把果子晒成亮亮的太陽的顏色，所有的熊都來了，都這樣，什麼果子熟了，熊就會聚在一起。大家一邊吃一邊笑。」嘿熊一邊說一邊微笑，彷彿他此刻就站在那棵長滿果子的樹下。

「金黃色，二月，我猜可能是野生枇杷。」簡球老師說。

「會讓人微笑的話，也是一種笑話。」陳小果說。

「嘿熊，我覺得很好笑，你說的時候我都跟著笑，那金黃色的野生枇杷一定很好吃，哈哈哈。」我一邊說一邊笑。其他同學看我笑成那樣，也跟著笑，接著所有的人和一隻熊全都笑了起來，笑聲把隔壁四年級的老師和同學都吸引過來，站在窗邊看我們在笑什麼，然後他們也跟著一起笑。

這是今天最好聽的笑話。嘿熊說的笑話，讓我們的心笑了。

簡球老師從圖書館帶回一本書《認識臺灣水果》，讓嘿熊指認那「亮亮的太陽的顏色的果子」。嘿熊翻到枇杷時，激動的用爪子點著照片說：「亮亮的太陽的顏色的果子。」

果真是野生枇杷！

接下來，我們把嘿熊在森林裡吃的食物整理出來，蜂蜜、青剛櫟，還有呂宋莢蒾。這是一種很常見的樹，紅色果實小鳥很愛吃，我們也吃過，酸酸澀澀的並不好吃，但小鳥和熊一定覺得很好吃。臺灣胡桃也是熊愛吃的；長臂金龜的肥嫩幼蟲、枇杷和香楠果實，還有螞蟻。很難想像，嘿熊要吃多少這些果實，才能長成今天這麼壯碩的身材。不過，嘿熊也吃森林裡的動物，山羌、野豬、黃鼠狼……所以，嘿熊在森林裡的日子，就是一直尋找食物，一直吃東西。現在他不用擔心了，他是我們的同學，我們不會讓他挨餓的。

放學時，我請嘿熊在路口等我，我跑步回家，回家拿了鬧鐘和一顆木瓜後再跑回來，發現好多人圍著嘿熊。嘿熊手上拿著一個竹籃子，裡頭裝著地瓜、蘋果、香蕉、奇異果和雞蛋。

我把木瓜放進竹籃子裡：「我阿嬤叫我拿給你的。」接著，我把鬧鐘遞給嘿熊：「我幫你設定好了，六點五十分鬧鐘會叫你起床，你七點出發，七點半走進校園，這樣就不會太早也不會遲到。鬧鐘可以把人類活動的時間弄成剛剛好的時間。你試試看。」

嘿熊把鬧鐘前前後後翻來轉去看了幾遍，還拿到耳朵邊聽：「森林有這種聲音，滴答滴答滴答，水在滴。」

嘿熊提著竹籃子走進森林，進入森林之前，還回頭和大家揮手。

晚上，嘿熊可以痛快的享受水果大餐，也許還可以分一些給猴子呢！

6 在森林裡遇見熊該怎麼辦？

昨天我給了嘿熊一個鬧鐘，他今天卻遲到了，第一節課上到一半才出現。嘿熊手上拿著還在響的鬧鐘慌慌張張的走進教室。

「鬧鐘吵醒整個森林！」嘿熊一臉懊惱的說：「猴子生氣、小鳥生氣、山羊生氣，整座森林都生氣。」

我趕快走過去接過鬧鐘按停，我忘了教黑熊怎麼按停鬧鐘。

「對不起，嘿熊，是我的錯，後面有個小按鍵按下去鬧鐘就會停。請代我跟猴子、小鳥、山羊說對不起。」

我真的很抱歉啊！

嘿熊有自己計算時間的方式，也許是太陽升起、太陽落下；也許是肚子餓了到吃飽了的時間；也許是野生枇杷季的開始到結束，甚至到下一個滿樹金黃讓所有的熊都微笑的時間。我真的是太自作聰明了！

第二節是自然課，張小花老師走進教室，看見教室後面來了很多家長等著旁聽，我阿嬤也來了。他們才不是來旁聽的，也不是來看美麗的張小花老師，他們是來看嘿熊的，阿嬤從頭到尾都沒有看我一眼，她的目光一直停留在嘿熊身上，其他家長也是，被這樣盯著看，嘿熊的背應該會很癢吧！但是，嘿熊並沒有顯得不安，他很專心上課，他最喜歡自然課了，他也喜歡小花老師。

有一次嘿熊從森林裡摘了一朵黃色小花送給小花老師，小花老師立刻就愛上嘿熊了。她把黃色小花做成壓花，用一個小相框保護起來，取名「嘿熊送的花」。

「在森林裡遇見熊該怎麼辦？」小花老師語調輕鬆面帶微笑的問著。

所有的人不約而同的轉頭看著嘿熊。

「熊是我們的同學耶！遇見同學，當然是揮手說：『哈囉！』」林亦全大聲的回答，說完還朝嘿熊揮揮手。

「如果你遇見的是嘿熊，當然要說：『哈囉，同學。』如果遇見的是別的不認識的熊，該怎麼辦？」小花老師補充說明。

「要趕快逃走吧！」我說。

「躺下來裝死，手裡拿著防熊噴劑，如果熊靠近用鼻子聞我的時候，就噴他。」林喜松激動的說。

「爬到樹上躲起來。」余曉菲說。

「不行啦，熊是爬樹高手。」陳小果說。

「熊會吃人嗎？」我看著嘿熊問。

「我們就請嘿熊為我們說明，在森林裡遇見熊該怎麼辦？」小花老師站到一旁把講臺讓給嘿熊。

嘿熊站起來走向講臺，龐大的身體擦撞走道兩旁的桌子。他站在講臺看著大家和站在後排的家長們。

「在森林，遇見人，熊也嚇一跳，也害怕。遇見熊，保持安靜，看熊在幹麼，熊不緊張不生氣，人安靜離開。如果遇到吼叫的暴躁熊，他會怒吼嚇人，他向你走去，要趕快逃。不要爬樹，熊很會爬樹；不要裝死，熊可能會咬一口試試看。」

在山上遇見嘿熊以外的熊，真是可怕的一件事。

下午，上第一節國語課的時候，郵差戴可先生騎著那輛震天響的機車經過樟樹下，在樟樹下繞了一圈。那是他的習慣，他特別喜歡這棵香菇造型的大樟樹，他說香菇樟樹是他的朋友，繞圈子是他和樟樹打招呼的方式。他繞了一圈後停了下來，沒有繼續前往我家和村長家的小徑，然後把所有的信件都交給村長。他看著三年級的教室，看了好久，似乎看見了什麼奇怪的東西。

糟了，他看見嘿熊了！

嘿嘿嘿！嘿嘿嘿！嘿嘿嘿！

郵差戴可先生騎著郵局機車進了校門，沒多久就悄悄的出現在三年級教室的窗邊，探頭探腦。

籃球老師站在講臺上，放下課本，班上五個學生全都看著郵差戴可先生，除了嘿熊。

嘿熊低著頭，垂下雙肩，動也不動一下，連呼吸都變得好輕好輕。他的桌上依然擺著課本和特別大枝的鉛筆。

「郵差先生，有事嗎？」簡球老師冷靜的問著。

「我想我看見一隻熊了。」郵差戴可目不轉睛的盯著嘿熊：「他真的是一隻熊啊！熊跟你們一起上課啊！」

教室裡立即爆出一陣狂笑，我們一直笑，抱著肚子笑到腰都直不起來，阿全還誇張的一邊笑一邊敲桌子，最後還跌到地上繼續笑。

看大家笑成這樣，郵差戴可露出尷尬的表情，拿下頭上的郵差專用的綠色安全帽，抓了抓頭皮，傻笑著：「不是嗎？」

簡球老師一邊笑一邊走向窗邊，說：「郵差先生，那是一隻熊布偶啦！很像吧！讓熊布偶一起上課，孩子們的學習效果很好

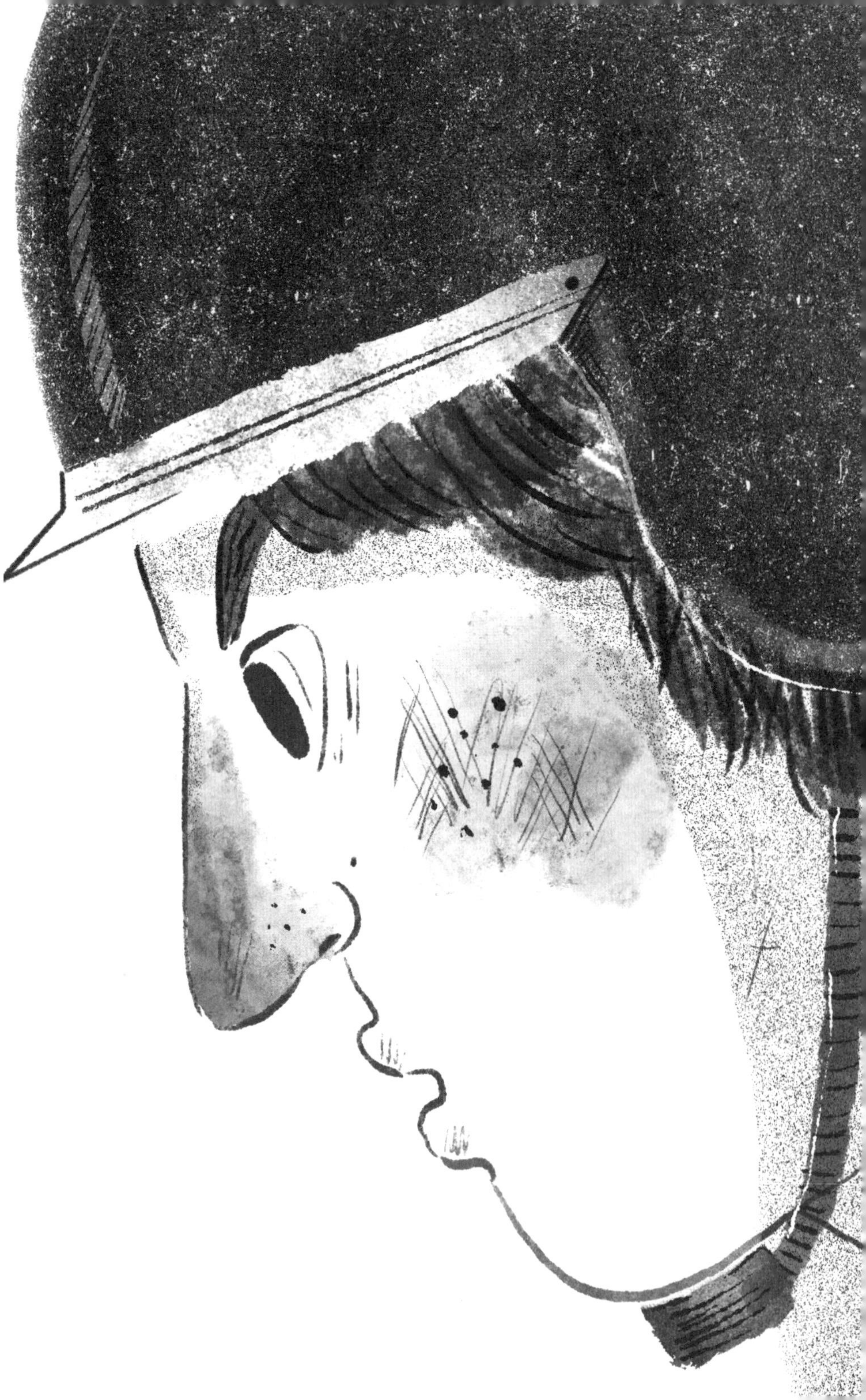

喔！這樣上學才不會無聊嘛！」

「我就說嘛！越看越像熊布偶。」郵差戴可說：「老師真有創意啊！想到這招。這熊做得還真像哪！」臨走前還將頭探進教室，多看了兩眼：「他好像在眨眼睛耶！」

「你眼花了啦！熊布偶怎麼會眨眼睛。」簡球老師故作輕鬆的說。

「可能真的眼花了。真不好意思啊，打擾大家上課了。」郵差戴可先生向大家鞠躬，然後戴上帽子，走向他的機車，ㄅㄨㄅㄨㄅㄨ的騎走了。

大家都鬆了一大口氣。真的好險，如果郵差戴可走進教室，要求摸一下嘿熊，

那就完蛋了！

「嘿熊，你可以稍微活動一下手腳，但要等到戴可先生離開，危機才算解除。」簡球老師說。

嘿熊坐直身子，大口大口呼吸後，繼續裝成玩具熊，直到戴可先生送完信離開霧來村，他才直起身子。

從嘿熊來上學的第一天起，我們就提醒嘿熊，只要看見村子有外人進來，就要裝成熊布偶，校長還發明了一句密碼，只要聽見「嘿嘿嘿」這句暗號，不管任何時候、身在何處，要立即坐下來，低著頭，垂下肩膀，動也不能動一下，假裝是一隻熊布偶。

這天之後，簡球老師做了一個有門的大木箱，在危急的時候，讓嘿熊隨時可以躲進去。後來，嘿熊乾脆躲進木箱子裡上課，有人來了，立即關上門。

除了郵差戴可先生，還有臺電和電信公司的工程人員會來，偶爾賣雜貨的貨車也會開上山。這樣也好，大家不必一邊上課一邊留意是否有外人入侵，就能確保嘿熊的安全。

7 一隻泡泡熊和兩隻泡泡人

放學的時候，我們和嘿熊來到森林與村子的分岔路口。左邊的路往森林，右邊的路往村子。

「你今天不要回森林了，到我家去住，好不好？我家的床很軟喔！」我對嘿熊提出邀請：「明天是星期六，不用上學，可以睡很晚。」

「我？住—你—家？」嘿熊似乎很懷疑自己聽到的，指著自己的胸口問著。

「是啊，很難得的體驗喔。」我說：「我家還有一間空的房間，我爸媽的，他們在山下開了一間機車行，很忙哪，兩、三個月才回來一次，過完年他們才剛回山下。」

「可—以—嗎？」嘿熊拍著自己的大肚子又問了一次。

「可以啦！」我說。我阿公阿嬤一定也會同意的。

「那—好—啊！」嘿熊不是很確定某件事的時候，就會這樣拉長音說話。

「你今天睡黎麥家，明天住我家，我家也有空房間，或者你可以跟我睡……」阿全話說到一半，停了下來，看著嘿熊，我也看著嘿熊和阿全。

我們腦袋出現的畫面是不是一樣呢？睡到半夜，嘿熊在睡夢中把阿全給吃了？或者嘿熊翻身的時候把阿全像一塊年糕一樣給壓扁了?我用力的甩甩頭，呼，嘿熊是一隻好熊耶！

「你還是自己睡一間房間好了。」林亦全尷尬的說著。

「然後大後天換我家。」曉菲拉著嘿熊的手叫著。

「我排在你後面。」喜松說。

「沒關係，我排在最後。」陳小果淡定的說：「以後嘿熊就跟我們一起上學。」

阿全讀一年級的表弟，路過聽到，也停住腳步大聲的說著：「嘿熊也要到我家住。」

「嘿熊是你的同學嗎?嘿熊不認識你會害怕的！」阿全說。

「到我家住就認識了呀！嘿熊，我叫阿賢，這樣你就認識我了吧！」阿賢走過去抱住嘿熊的大腿。

「你排在陳小果後面。」我把阿賢推開：「嘿熊今天是我的客人。」

嘿熊好奇的看著我們，表情憨憨的，好像在微笑，他一定覺得人類的小孩很好笑吧！

我帶著嘿熊走過大樟樹，走進彎彎曲曲的小路，小路的盡頭就是我的家和村長的家。

我們還在小路上走，波吉聽到腳步聲，立刻衝了出來，對著嘿熊狂吠。波吉真是一隻勇敢的狗，看見嘿熊這個大傢伙毫不膽怯，他在嘿熊腳邊一邊往前撲去、煞車，轉身倒退，再撲過去狂吠，一副就要攻擊的樣子。也許波吉只需要一點點訓練，就會成為霧來村最凶猛的獵犬。

我對波吉說：「可以了，不要叫了，夠了。」

波吉完全沒有要停止的打算，他繼續凶猛的吠叫著。

我只好跳到嘿熊身上，嘿熊順勢抱著我，我拍著嘿熊的胸口對著波吉說：「這是朋友，是朋友，不危險，不要再叫了。」波吉看到這情形，吠叫聲減弱了，他歪著頭無法理解的看著我和嘿熊，那表情彷彿在說：「啊，是怎樣？你和那個看起來很可怕的大傢伙是朋友？你確定？」

嘿熊把我放下來，波吉還是不放心的跟在嘿熊腳邊，不時的從喉嚨發出低沉的充滿威脅的聲音。

阿公在一旁劈柴，阿嬤坐在門口小凳子上挑菜，他們看見我和嘿熊出現在庭院，輕輕的嚇一跳，大家都還沒習慣這個黑呼呼的大傢伙。

「阿嬤，嘿熊今天住我們家。」我大聲且開心的說著。

「咦？」阿嬤發出的聲音。

「蛤？」阿公發出的聲音。

「汪！」波吉發出的聲音。

「可以吧！」我忽然有點懷疑自己的判斷，認為阿公阿嬤會同意這件事。如果他們不同意，嘿熊一定傷心死了！

「喔，歡迎歡迎歡迎啊！」阿嬤站起來堆起笑臉疊聲的說著。

阿公扔下斧頭，走到阿嬤旁邊，從頭到腳打量著嘿熊：「歡迎你來呀，嘿熊。」阿公挺直胸膛伸出男人的手握住嘿熊毛茸茸的大手，這是男人與大公熊的義氣之握。接著，阿公婉轉的說著：「在吃飯之前，嘿熊，嗯……也許需要洗一個澡。」

「洗澡？」我鬆了一口氣，「哈哈哈，洗澡，那是一定要的。走吧，嘿熊，我們去洗澡。」

「洗澡？那是什麼？」嘿熊跟在我身後，喃喃問著。

我們家的浴室很大，兩隻熊一起洗澡都沒問題，如果是山下爸媽住的房子的浴室，塞進一隻熊就滿到關不上門了。

我脫掉上衣，只穿一條短褲，站在小凳子上，伸長手臂也無法把沐浴乳淋在嘿熊頭上，嘿熊接過沐浴乳朝自己頭上淋下時，阿公推門進來，哈哈大笑著說：「哈哈，我知道你們需要幫忙。」阿公拿起蓮蓬頭把嘿熊從頭到腳淋了個溼，然後拿起刷子開始幫嘿熊刷澡，我則幫嘿熊洗腳，和他的大屁股。

「嘿熊的屁股好大呀！哈哈哈，大屁股。」我笑個不停。當我轉身的時候，嘿熊伸出他尖尖的爪子輕輕戳著我的屁股說：「小屁股，小屁股。哈—哈—哈。」

我笑到跌坐在地上。

從嘿熊身上洗出一堆灰灰黑黑的泥水，沖掉泥水後，重新又

洗了一遍，嘿熊全身都是白色泡泡，我和阿公頭上身上也都是白色泡泡，阿嬤站在門口，用相機拍下這歡樂的時刻。一隻泡泡熊，和兩隻一老一少的泡泡人類。

嘿熊一共洗了三次澡，洗得全身香噴噴。

我不能說那是我最快樂的一天，因為跟嘿熊生活的每一天都非常非常的快樂。

嘿熊神清氣爽的走到庭院，家裡來了好多客人，許多村民手裡捧著自己的拿手菜，要來和嘿熊共進晚餐。班上同學和他們的家人也都來了，我們把餐桌搬到庭院，還跟村長借了一張圓桌，全村熱熱鬧鬧的吃了一頓歡樂的晚餐。

那天之後，嘿熊輪流住進村民家，不管他到哪戶人家作客，哪戶人家就擠滿了人，嘿熊屬於森林，也屬於霧來村，沒有人能獨自擁有嘿熊以及和嘿熊相處的時光，嘿熊讓霧來村村民真真正正的變成融洽的一家人。

熱鬧的晚餐過後，我跟阿公、阿嬤和嘿熊共處了一段非常安靜的時刻，圓圓的月亮掛在天空，我們坐在庭院，安靜的賞月。

波吉就坐在嘿熊的面前，豎直耳朵盯著嘿熊警戒著。

「你可以放輕鬆嗎？波吉。」我說：「嘿熊是朋友。」

波吉看了我一眼，兩隻前腳不安的動了一下，喉嚨發出咕噥聲後，繼續監視嘿熊。

「嘿，波吉。」嘿熊試著表現友好。波吉毫不領情，狂吠了幾聲，似乎在警告嘿熊別輕舉妄動。

「嘿熊，森林裡的夜晚，是怎樣？」阿嬤隨口問著。

「森林裡的夜晚，很好聽，呼呼呼，咕咕咕，呱呱呱，唧唧唧，吱吱吱，窸窸窣窣。」

「嗯，又熱鬧又安靜啊！」阿公悠悠的說。

希望有一天也能體驗森林裡的夜晚，聽聽呼呼呼，咕咕咕，呱呱呱，唧唧唧，吱吱吱，窸窸窣窣的聲音。

帶嘿熊進入房間之前，我讓他知道廁所在哪裡，他在學校使用過廁所，就那麼一次，之後嘿熊都跑去林子裡上廁所。但是，現在住在我家，半夜要上廁所就暫時用一下人類的馬桶吧！我還告訴他如果半夜肚子餓，廚房冰箱的東西都可以吃，餐桌上的水果也可以吃。接著才帶嘿熊進入他的房間，房裡有一張大床，有枕頭，也有棉被。

「你躺躺看，很舒服的。」我說。

洗過澡全身香噴噴的嘿熊，小心翼翼的爬上床，彷彿那是柔軟的陷阱。他翻身躺下，一顆大頭枕在枕頭上，他安靜的躺著感受著柔軟的床。

「舒服吧！」

「舒—服。」

「那麼，晚安了，嘿熊，我的朋友。」

「晚安，黎麥，我的朋友。」

我關上房門，看見波吉趴在門口。

波吉真是一隻執著又忠心的狗呀！我蹲下來，摸摸他，小聲的對他說：「親愛的波吉，雖然我有一個新朋友，但是我依然很愛你喔！希望你也可以和嘿熊變成好朋友。」

我的房間在嘿熊房間的隔壁。我躺在床上，聽著夜晚的聲音。也許有一天，嘿熊的熊朋友會問：「人類村子裡的夜晚，是怎樣？」

嘿熊會說：「汪汪汪，呼呼呼，喵喵喵，咕咕咕，喀啦嘩啦嘩啦，來福來福。哈啾！哈啾！」

來福是村長家的狗。哈啾！是村長在打噴嚏。

我半夜醒來，忽然想去看看嘿熊睡在床上的樣子，我悄悄的走出房間，波吉居然還趴在嘿熊房門口，波吉看見我，立即起身搖尾巴。

「噓噓噓！」我示意波吉不要發出聲音。我緩緩的轉動嘿熊房門的把手，輕輕的推開房門，走廊微弱的燈光，照進嘿熊的大床上。

嘿熊不在床上！

「麥，你要幹麼？」嘿熊從門後伸出半張大臉。

嚇得我跌到地上，波吉立即撲向前咬住嘿熊的腳。

我趕忙爬起來把波吉拉開：「不可以這樣，嘿熊是朋友，聽懂沒有？」

波吉看起來一臉委屈。

「我想看看你睡得好不好？床，還好嗎？」我進入嘿熊房間把房門關上，免得吵醒阿公阿嬤。想到波吉，我打開房門讓波吉也進來。

「床很好。有聲音，我起來看，就看見你啦！」嘿熊說。

我沒回房間，下半夜要和嘿熊一起睡。嘿熊睡最右邊，我睡中間，波吉睡最左邊，我們睡了一個暖呼呼的覺。

第二天，波吉已經知道嘿熊是朋友，不再緊緊盯著他，看見嘿熊還會搖起尾巴。

是朋友了，才會搖尾巴。

阿公專程開車到山下，載回八棵枇杷小樹苗。

接著他把後院的雜木林給清空後，帶著嘿熊來到後院，遞給嘿熊一把鋤頭：「來吧！嘿熊，我們來種枇杷樹，等樹長大，每年春天你就有枇杷可以吃了。」

想到香甜的枇杷，嘿熊高興極了，興致勃勃的學著阿公挖坑，埋下小樹苗，澆水。嘿熊和阿公一共種了八棵枇杷樹，希望它們都能平安的長成大樹。

「一棵果樹要長成樹，然後開花結果，要三年喔！」阿嬤對嘿熊說。

「嘿—熊—可—以—等。」嘿熊拍著胸口滿臉期待的看著枇杷樹。

我們一起等，等枇杷樹長大，一起在樹下吃枇杷。

8 嘿熊在寫詩

嘿熊來之前，籃球老師從來不點名，三年級只有五名學生，看一眼就知道是否全員到齊。嘿熊來了之後，他每天早上都會點名，讓我們展開精力充沛的一天。

「黎麥。」

「有。」我舉起右手大聲說。

「陳小果。」

「有。」

「余曉菲。」

「有。」

「林喜松。」

「有。」

「林亦全。」

「有。」

「嘿熊。」

「有。」嘿熊舉起他毛茸茸的手臂很有精神的喊著。

我看見籃球老師嘴角揚起一抹很淺的微笑。我很確定，他就只是想看嘿熊答「有」而已。我們也很喜歡看嘿熊答「有」。那特別好看。

今天的作文課是寫詩。

「詩，是什麼東西呢？」籃球老師問完，看著大家，沒有人回答，他就自己回答了：「詩是文學，也是一種藝術，我們無時無刻生活在藝術裡，只是很多人不知道。如果願意仔細看，仔細聽，仔細感覺，當你看到聽到感覺到詩，然後你開心你悲傷你憂愁了，這也是詩，生活裡處處是詩。」籃球老師看著我們困惑的臉，補了一句：「很難喔？」

困惑的臉，也是詩嗎？

籃球老師看了一眼嘿熊，再轉頭看看窗外的森林，然後露出調皮的笑容說：「這樣好了，我們到森林裡找詩。嘿熊，你帶路。」

嘿熊被老師點名，很高興的站起來，帶著大家走出教室，我們就像跟在母雞後面的一群小雞，跟在嘿熊身後走著。

進入森林沒多久，我們看見一隻條紋松鼠站在樹枝上，大家仰著頭看著，松鼠的手裡捧著一顆蛋。

「喔，鳥媽媽很傷心喔，蛋被松鼠拿走了。」林亦全說。

「松鼠啊，你只要拿走一顆就好，給鳥媽媽留下兩顆好嗎？」小果大聲說著。

「這麼好吃的蛋，松鼠才不會給它客氣，也許他手上那顆已經是最後一顆了。」林喜松說。

「鳥媽媽要把蛋藏好才行啊！」余曉菲說。

「每一棵樹都是松鼠的地盤，根本藏不住。」我說：「鳥媽媽很傷心，餓肚子的松鼠也會很傷心，大自然每天都有傷心事。」

「鳥媽媽，不傷心，春天還在。鳥媽媽，會快快快去談戀愛，再生一窩蛋。」嘿熊慢條斯理的說。

「嘿熊說得沒錯，春天是鳥類的繁殖季節，鳥蛋被松鼠吃光光，如果繁殖季還沒結束，鳥媽媽會趕緊再去交配，再孵一窩小鳥。」簡球老師補充說明。

啊！原來如此。

簡球老師停頓了一下，看著嘿熊，露出滿意的微笑說著：「嘿熊剛剛寫了一首詩：『鳥媽媽，不傷心，春天還在。鳥媽媽，快快快，去談戀愛，再生一窩蛋。』前面再補充說明松鼠偷了鳥媽媽的蛋，就是一首很棒的詩了。」

沒想到，嘿熊竟然最快完成詩的作業。我們羨慕的看著嘿熊，今天嘿熊第一名。

「把你的眼睛、耳朵和鼻子統統打開，我們看，我們聽，我們聞，我們的皮膚去感覺風，有什麼東西打動你，讓你覺得很快樂，或者想起什麼，忽然很悲傷……詩就藏在裡面。」簡球老師說。

詩藏在悲傷裡，很久很久以後，我們才真正懂了。

我們抬頭看天，天空被樹葉遮擋，卻又無法全部遮蔽，有些地方縫隙比較大，陽光就一根一根的從樹葉縫隙擠進來；我們踩在樹葉鋪成的山徑上，發出唰唰唰的聲音；我們聞到泥土和樹皮的味道，冷風吹過來，鑽進領口讓脖子涼颼颼……

我好像有點明白詩在哪裡，但是，我還抓不到它。

「嘿，你們看，這是熊的爪痕。」阿全指著一棵樹的樹幹叫了起來：「嘿熊，這是你抓的嗎？」

大家都擠到這棵樹前面，看著樹幹上川字形的爪痕。

「這不是我抓的。」嘿熊說完，在爪痕的上方抓了一下，嘿熊的爪痕在收起爪子之前朝右側劃過去。「這才是嘿熊的爪子。」

嘿熊摸著爪痕說：「就像溪流轉彎了。」

溪流轉彎了。

溪流轉彎了。

「溪流轉彎了！嘿熊，這句話就是詩啊！你剛剛又寫了一首詩耶！」我太激動了，嘿熊寫了一首很優雅又很有意境的詩。我自己這麼認為啦！

嘿熊聽我這麼說，也開心起來：「溪流轉彎了，是詩？」

「是詩，沒錯，是一首短短的卻很有力量的詩。」籃球老師摸著樹幹上會轉彎的圖像詩，問著：「轉彎之後，有什麼？」

「有不一樣的風景。」

「有山羊。」

「有嘿熊。他一定常常在溪流轉彎的地方發呆。」

嘿熊臉上出現很不一樣的表情，他掀了掀上嘴唇，露出尖尖的牙齒，這也是嘿熊的笑嗎？當波吉掀起上嘴脣的時候，會從喉嚨發出警告的聲音，那是危險的訊號。現在這麼輕鬆的時刻，嘿熊應該是在笑，而且是開心的笑，他是全班第一個連續寫出兩首詩的同學，太厲害了。

我們來到香楠樹下。

「嘿熊，你不是爬樹高手嗎？爬給我們看一下，好嗎？」林亦全提出要求。

「爬樹，沒－問－題。」嘿熊大方的接受要求，他將尖銳的爪子刺進樹幹裡，穩住身體，很快就爬上樹了，在樹上和我們揮揮手，然後才倒退著下到地面。

我們開心的拍手鼓掌，真心的覺得嘿熊好厲害呀！

嘿熊指著高高的樹梢問我們：「你─們─想─上─去─嗎？」

「好高啊！我們怎麼上得去？」陳小果仰著頭看著樹梢說。

「我─背，可─以─嗎？」嘿熊看著籃球老師問。

籃球老師猶豫了，這麼高，小朋友的安全他可要負責任的。

「老師，我們想上去。」小果懇求著。

「我也想，我們全都爬上去，宇宙無敵的酷啦！」我激動的跳了幾下。

「嗯，嘿熊爬樹應該沒問題，你們要緊緊的抱住嘿熊，不要讓自己掉下來。」籃球老師擔心我們的安全，卻又不想讓我們失望，最後只好妥協了，他對嘿熊說：「不用爬到最高，讓他們待在最下面那幾根枝幹就可以了。」

嘿熊點點頭後，蹲下身來，阿全第一個爬上嘿熊的背上，兩隻手環抱著嘿熊的脖子，雙腳勾住嘿熊的身體，嘿熊起身，用他尖銳的爪子插進樹幹裡穩住身體，然後緩緩的爬上樹，他讓阿全坐在樹杈上抱著樹幹，叫他要小心，不要亂動。嘿熊用倒退的方式下到地面。接著嘿熊背了小果、曉菲和喜松上樹，每個人或站或坐在不同的樹杈上，雙手穩穩的抱著樹幹。輪到我時，我有點兒抗拒，我怕高。

「嘿熊，我怕。」我拍拍胸口說。

嘿熊也拍拍胸口說：「有嘿熊，不怕，不怕。」雖然很害怕，但也不想一個人留在樹下，我還是環抱著嘿熊的脖子，讓

他背著我

到最高的那根樹杈上，嘿熊緊緊的抱著我，因為我一直在發抖。

簡球老師爬到對面那棵樹上，幫我們和嘿熊拍了一張超酷的大合照。簡球老師一定羨慕死了，他也很想讓嘿熊背上樹吧！但是，簡球老師是大人，太重了，嘿熊背不動。

「可以下來嘍！」簡球老師緊張死了，我們在樹上待不到三分鐘，就要我們下去。我也想趕快下去，雖然站在這麼高的樹上，可以看見更大片的森林，但是我的腳還在抖呢！

嘿熊聽話的把我們一個一個安全的背下樹。

樹幹上留下許多嘿熊的爪痕。

「謝謝嘿熊，這是我最快樂的一天。」曉菲害羞的對嘿熊說。

「我也很快樂。」嘿熊說。

這一天，大家都很快樂。

「我希望嘿熊可以永遠留在霧來村。」喜松感性的說著。

「如果沒有被其他人發現的話。」我說：「他就可以永遠留下來。」

我後來寫了一首詩：

陽光一根一根從天上掉進森林，
很想把它們收集起來，
捆成一捆，扛回家給阿嬤燒水煮飯。
但是，我該怎麼做呢？
誰來告訴我？

9 畫畫課

郵差戴可先生震天響的機車引擎聲遠遠的傳了過來，在走廊上玩耍的小朋友，急忙的跑到三年級教室對著嘿熊大喊：「嘿嘿嘿，嘿嘿嘿，嘿嘿嘿！」

嘿熊跟我們一起在黑板前亂畫，聽到「嘿嘿嘿」暗號，立刻躲進教室後面的大木箱裡。我們跑出教室，在走廊上來回奔跑，教室裡空無一人。

戴可先生騎著郵務機車在大樟樹下繞了三圈，他今天多繞了一圈，繞完後停在樹下，往三年級教室看著，我們停下來，也看著他，他朝我們揮揮手，我們也朝他揮揮手。他調轉車頭，ㄅㄨㄅㄨㄅㄨ的騎進通往村長和我家的那條小徑。沒多久又ㄅㄨㄅㄨㄅㄨ的經過大樟樹騎出霧來村。

「警報解除！警報解除！」我們衝進教室，打開木箱子讓嘿熊出來。

嘿熊才剛剛踏出木箱子，戴可先生的機車引擎聲又傳了過來！

嘿嘿嘿，嘿嘿嘿，嘿嘿嘿！

戴可先生到底想幹麼呀！

我們一陣手忙腳亂的把嘿熊塞回木箱子。

上課鐘聲響了！

我們回到坐位坐下，克制著不將頭轉過去看戴可先生，我們的眼角餘光看見他停好機車，站在大樟樹下看著我們教室，一直到老師走進教室，他才跨上機車離開。

戴可先生的行為讓我們感到不安，他似乎不相信我們說的，嘿熊是一隻大布偶。

嘿熊成為霧來國小建校一百年來，最受歡迎的學生。

下課的時候，其他年級的學生都會來到三年級教室，每個人都想和嘿熊一起玩，嘿熊如果在操場跑步，一群學生就在他身後跟著跑；嘿熊如果坐在升旗臺上晃著兩隻腳，一群學生也擠在升旗臺上晃著兩隻腳；嘿熊走到哪裡，大家就跟到哪裡。大家爭著送食物給嘿熊，把嘿熊養成一隻大胖熊。校長常常路過三年級教室，站在窗邊或是教室後面「觀課」；家長也常常藉故來旁聽，他們也想和嘿熊變成好朋友，排隊邀請嘿熊到家裡住一晚。

每個老師都很喜歡上三年級的課，美術老師鄧莉莉偏心嘿熊，每次都給嘿熊特別的指導。雖然如此，我們另外五個人沒有人會吃嘿熊的醋，他的確需要特別的指導啊，他是一隻熊嘛！

今天畫畫的主題是森林，畫下我們在森林裡看見的東西。老師給嘿熊一張特大張的圖畫紙。

「人類為什麼要畫畫呢？畫畫讓我們感受到快樂，我們的身體裡藏著一個靈魂小精靈，當我們畫畫的時候，靈魂小精靈就會很快樂。」鄧莉莉老師說。

「我不喜歡畫畫，靈魂小精靈也會快樂嗎？」喜松問。

「如果你不喜歡畫畫，靈魂小精靈不會在你畫畫時感受到快樂，你要找別的東西試試，例如唱歌或是跳舞或是彈鋼琴……」鄧莉莉老師說。

「如果我一直找不到，我的靈魂小精靈會怎樣？它會死掉嗎？」喜松又問，他看起來很不安。

「你一直找不到做什麼事會很快樂，靈魂小精靈也許會有一點兒慌張，但是如果你願意這個也試試，那個也試試，靈魂小精靈會坐在小板凳上，等你，給你時間。但是你要去找喔！你會去找嗎？」

喜松歪著頭，從喉嚨發出一句怪聲：「吶。」

吶？是什麼意思？

嘿熊學著喜松發出「吶」的聲音，他似乎很喜歡這個聲音。

喜松走到嘿熊面前問著：「嘿熊，你做什麼事的時候靈魂小精靈會很快樂？」

嘿熊歪著頭想了一下，說：「晒陽光，樹上看星星和月亮，吃東西，很快樂。」

「嗯，連嘿熊都知道怎麼讓靈魂小精靈快樂。」喜松的神情看起來有一點無助：「吃東西我也會快樂，但是我不能一直吃東西，變成大胖子後，我的靈魂小精靈會很生氣吧！」

「林喜松，我也還不確定我做什麼事靈魂小精靈會很快樂，我們才三年級，不要急嘛！也許六年級的時候，我們就找到了。」我說。我就不明白林喜松在緊張什麼。

老師把圖畫紙發下來，大家開始在圖畫紙上塗塗抹抹。

陳小果畫了滿滿一張紙的彩色野菇，她對余曉菲說：「不能吃，有毒。」

我畫了一束陽光從樹梢照下來，剛好照在嘿熊身上，他像森林裡的大明星。

余曉菲畫了我們和嘿熊站在大樹上。

阿全畫了一隻大山豬。

喜松畫了淡藍色的靈魂小精靈，坐在板凳上雙手交握在胸前，等著，並看著自己。

黑熊拿起一根黑色的蠟筆，在眼前看著，還放在鼻尖聞了又聞，接著就看著空白圖畫紙發了好久的呆。又過了一會兒，嘿熊用他的指頭敲敲我的桌子：「可以借我嘿熊的顏色嗎？」

「嘿熊的顏色？黑色，是嗎？沒問題。」我把黑色的顏料遞給他，他拿來看著，一臉困惑。我接過黑色顏料，把顏料小蓋子旋開，將顏料擠在調色盤上。

「不夠，不夠。」嘿熊說。

我把黑色顏料全都擠出來了，嘿熊還說：「不夠不夠。」接著，小果也貢獻她的黑色顏料，還是不夠不夠。阿全、喜松和曉菲也拿出他們的黑色顏料，應該夠了吧！

嘿熊指著調色盤，比著自己的前腳掌說：「太小太小。」

老師有點明白嘿熊想幹麼了。

老師把調色盤上的黑色顏料全刮起來，塗在教室後面的地板上。

嘿熊總算滿意了。他把圖畫紙放在地上，自己也坐下來，用右前腳掌壓在顏料上搓著，然後按壓在圖畫紙上，接著要每個人也印個手印。我們既激動又開心的玩起壓手印的遊戲，我的手印是紅色的，小果是綠色、喜松是黃色、阿全是紫色，曉菲是咖啡色，老師將自己的手在每個顏料上都壓了一下後，才印在圖畫紙上，鄧莉莉老師的手印是彩虹的顏色。

我們開心的又跳又叫！

這絕對是世界上最棒的一幅畫。

老師將這幅畫取名為《三年級的畫畫課》，然後把畫拿去裱框，將畫掛在黑板旁邊。

我們好愛嘿熊，為了他，我們在村子裡和森林裡的許多空地上種下枇杷樹。我們甚至想把路給封了，外人進不來，我們也不想出去，然後和嘿熊在山上過著快樂的日子，這樣就永遠不會有人發現嘿熊，並試圖把他帶走，或是在他的脖子上套個追蹤器

圈圈。這似乎是個傻點子。我們在家裡養雞養鴨養豬，種菜也種水果，生活沒問題，但是我們不能不下山，我們的爸爸媽媽都在山腳下呀，校長的家人也在山腳下，還有鹽巴和日用品也在山腳下，我們不能沒有小東百貨。

為了不讓爸媽突然上山來，我和阿嬤、阿公，每隔兩個星期就帶著山上種的菜和水果下山去看爸媽，和他們一起吃午飯，然後就回山上來。後來發現，阿全、喜松還有小果他們也這麼做，我們常下山，山下的家人就不會忽然上山來。除了曉菲的姑姑和叔叔，他們經常帶著許多禮物和糖果突然出現在學校，嚇得大家一陣手忙腳亂的把嘿熊推進教室後面的大木箱裡。

今年真是既緊張又刺激又不可思議的一年啊！

10 到嘿熊家作客

嘿熊在霧來國小上學，已經三個月了，他會寫自己的名字，也會寫一些簡單的問候語，他最喜歡在黑板上寫「你好嗎？」

考試的時候，不管嘿熊的考卷寫什麼，每個老師都給他一百分。簡球老師說就一隻會說話會寫字的熊而言，不需要分數，分數遠遠無法給嘿熊的能力做出評價。我們也是，分數也無法為一個小朋友的價值評分，如果有一天全國的學校也能用對待嘿熊的方式對待我們，那時候，學校一定是個天堂。

嘿熊來了之後，三年級的教室有了一些改變，平日一句話都嫌多的余曉菲，終於可以正常的和同學們說話了。她最常去和嘿熊說話。

有一次她問嘿熊：「你睡覺的時候做夢嗎？」

嘿熊不明白「夢」是什麼？

「就是睡覺的時候會去的地方，夢很神奇，你沒有翅膀，但是遇到危險的時候卻可以飛起來，感覺很像真的，醒來才知道原來不是真的，是夢。」曉菲解釋著。

嘿熊說：「睡—覺—去—的—地—方，有喔，我去了枇杷的森林，醒來，沒有了。那是夢啊！」

余曉菲要嘿熊低下頭來，她在嘿熊的耳朵邊說，她昨天晚上夢見嘿熊了，嘿熊背她去爬樹。

還有，以前幾乎每天都遲到的林亦全，自從嘿熊來了之後，就再也沒有遲到過。不愛上體育課，不愛流汗的陳小果，也不那麼討厭體育課了。嘿熊很愛上體育課，他很喜歡在操場上跑步，一直跑一直跑，陳小果也會跟著一直跑，跑完就一直嚷著，流汗讓她聞起來很臭，但是下一次又繼續跟著嘿熊跑。

有一個週末，嘿熊邀請我們到森林他的家作客。到嘿熊的家去作客？我們高興得跳起來，一直跳一直笑，真是太開心了，竟然有機會去參觀嘿熊在森林裡的家。三年級全班五個人，阿公和村長因為不放心，也跟著去。雖然他們知道嘿熊是一隻溫和又善良的熊，但是，森林裡還有其他的動物，以及不可預知的危險。

我們在森林裡走了一個多小時，來到一棵樹下，嘿熊把我們一個一個送上樹頂。

「大人，太重，在樹下等。」嘿熊對阿公和村長說。阿公和村長很失望，他們也很想爬上嘿熊的窩裡一探究竟啊！

那是一個用折斷的樹枝鋪成的平臺，這就是嘿熊看星星和月亮以及睡覺的窩。

「嘿熊一個，小小窩可以。今天五個同學來作客，嘿熊的家特別大。」嘿熊說。

嘿熊為了我們的到來，特地挑選了一棵較大的樹，做成更大的平臺，好容納五個同學。我們拿出零食和水果，在嘿熊的窩裡野餐。

坐在高高的樹上，視野很遼闊，看得很遠，嘿熊躺在高高的樹上，什麼也不用擔心，就像我們在家鎖上大門一樣舒服，壞蛋和小偷都進不來。

在天空底下，嘿熊是屬於森林的，屬於大自然的。人類呢？人類屬於大自然之外的不自然的城市。霧來村就位於森林邊緣，算不算大自然的一部分呢？住在森林旁邊卻睡在水泥房裡的人，真的很難歸類。

嘿熊在每一戶人家家裡住上一晚後，就堅持要回到森林，森林才是他最自在舒服的家，他說他想念睡在樹頂的日子，他想念星星和月亮了。

「在我們村子，抬頭也能看見星

星和月亮。」我說。

「不一樣。」嘿熊簡潔的說。

真的很不一樣，人類舒適的彈簧床，根本比不上星空下的這張五星級豪華大床鋪。我能想像嘿熊獨自躺在樹枝鋪成的床，雙手枕著頭，右腳翹起，擱在彎曲的左腿膝蓋上，欣賞廣闊的天空和飛鳥，那是多麼美好的時刻！他看見的星星和月亮，一定比我們看見的更多更亮。更重要的是，山豬和山羊不會經過他的身邊打擾他。

我後來才明白，嘿熊邀請我們到他的家裡作客，是希望大家不要因為他不想繼續住在人類的家裡而感到難過，他用這種方式讓我們明白，他是一隻熊，是屬於大自然的。人類睡在床上；熊有時睡在地上，有時睡在樹頂上；山羊睡在峭壁上；蝙蝠在山洞裡倒掛著睡了……

「嘿熊，睡在這裡，要怎麼大便啊？」喜松看了一眼樹下，阿公和村長坐在樹下，背靠著樹幹在聊天。

「還好我們不用住在這麼高的地方，要上廁所真是太麻煩了！」小果說。

「我喜歡嘿熊的家。」曉菲說。

「我也許可以住一晚體驗一下，睡覺的時候把身體綁起來，這樣就不會掉下去，但是阿公一定不會同意的。」我說。

「半夜夢遊，一腳踩空，呼！哇！不敢想像，算了！」阿全說。

世界上的每一種生物，都是哪裡舒服哪裡睡。

嘿熊的窩，就適合嘿熊睡。

11 研究一隻熊

下午，一輛廂型車開進霧來小學，走下三個男人。

「嘿嘿嘿，嘿嘿嘿。」三年級教室嘿嘿嘿聲滿天飛，大家慌張得雞飛狗跳：「嘿熊，嘿嘿嘿。」

「這次不能裝成布偶了，嘿熊快點躲進木箱子裡。」簡球老師用急促的聲音說著。

我和喜松趕忙打開大箱子，簡球老師衝過去把裡頭的掃把、水桶、拖把全拿出來，讓嘿熊躲進去後，再把掃把、水桶、拖把擺在最外頭好把嘿熊遮住。

「嘿熊，忍耐一下喔。」簡球老師說完關上木門，轉身走向講臺。

沒想到喜松竟然趁著簡球老師走向講臺的時候，溜進大木箱，關上門。

校長帶著三個人站在教室門口，簡球老師走過去，和他們幾個人說了一會兒話後，讓校長領著那三個人走進教室。

校長站在講臺上，說：「我們學校來了幾個很特別的貴賓，他們是熊研究社的研究員，專門做熊的調查和研究。他們很了解熊喔，所以想和你們聊一聊臺灣森林裡的熊，和熊有關的任何問題也可以問他們喔。」校長看起來有點緊張。

校長說完，就把講臺讓出來，其中一位皮膚黝黑、身材壯碩的中年男子走上講臺。

簡球老師發現喜松不在位置上，他用眼神問我，我假裝抓頭髮，用左手大拇指指了指木箱子。簡球老師明白的點點頭。

「大家好，我叫楊阿助。你們可以叫我阿助叔叔。臺灣黑熊活動的範圍在一千公尺以上的森林，霧來村海拔一千一百公尺，剛好是熊會出沒的高度，你們有沒有見過熊啊？」

校長、簡球和四個學生，眼睛直勾勾的看著楊阿助，沒有人回答。

「森林裡的黑熊數量越來越少了，有人說剩下二百多隻，也有人說有五百多隻，誰也不知道森林裡到底還有幾隻黑熊，總之就是很少很少啦！沒有熊的森林，是很寂寞的。」

楊阿助說完，打開帶來的電腦，在電腦上放出一張照片，那是一張在泥地上的熊的腳印。

「我們為什麼來呢？因為這個熊腳印，是郵差戴可先生在校門口拍到的。雖然你們說教室裡的是熊布偶，但是他不相信，他說他真的看見熊在眨眼睛。」

大家看著楊阿助。

楊阿助看著教室後面那個大木箱。

「如果，你們真的有一個熊朋友，可以介紹給我們認識嗎？」

楊阿助看著大家，等著大家的回覆。但是，大家看著他，不知該回覆他什麼。

「臺灣森林裡的熊數量正在遞減，我們要了解熊的活動、食物、身體狀況，才能了解森林究竟發生了什麼樣的變化，讓熊的數量越來越少，你們也不希望熊在森林裡消失，對不對？」

「可是，我們沒有熊啊。」林亦全說，說完就開始咬指甲。

「那麼，這熊腳印怎麼來的？」楊阿助問。

「也許是熊在三更半夜趁我們睡覺時，溜出來玩的。我們怎麼會知道呢？」陳小果說。

「你相信郵差，不相信我們？」我說。

「我們上山找熊十次了，一隻熊都抓不到，經費快用完了，再抓不到熊，我們熊研究社就要解散了。」

「希望你們有一天可以抓到熊。」林亦全說。

「我們是對熊很友善的單位，只會給熊量量身高體重，戴上項圈，偵測他們的活動範圍。」楊阿助說：「當然，黑熊面臨的困境很多，所以我們要透過監測來掌握黑熊生活的環境，了解他們的食物，還有獵人在森林裡放置山豬吊誤捕的問題，發現問題才能解決問題，對不對？」

楊阿助這番話，差一點就讓大家心軟，要不是我們嘴巴都緊緊閉著，很有可能說出嘿熊就躲在教室後面的木箱子裡。

「但是，我們沒有熊啊！」籃球老師說。

楊阿助嘆了一口氣，朝教室張望了一下，忽然看見掛在黑板左邊取名為《三年級的畫畫課》的畫作。他激動的指著畫說：「還說你們不認識熊，那這是什麼？」

「美術老師說，畫畫要用想像力，熊腳印就是我們的想像力呀！」陳小果說。

楊阿助仔仔細細的看著那幅畫，還伸出手量了一下大小。

楊阿助失望的看著大家，然後看著教室後面的木箱子。

「好吧，那我得再告訴你們一件事，戴可先生發現一件有趣的事，當他發現教室裡有熊之後，沒多久，你們的教室就多了這個大木箱子，他認為你們把熊藏在裡面。」

就算我的心臟在下一秒鐘就有可能被我吐出來，我還是強裝鎮定。

校長笑著說：「郵差戴可先生當郵差送信真是太可惜了，他應該去當一名偵探。」

「我可以看看那箱子裡的東西嗎？」楊阿助請求著。

我們望著校長和籃球老師，繼續不動聲色。

「楊先生，請你往窗外的樹上看一下。」籃球老師一邊指著窗外一邊說。

所有的人都往窗外看去，樹上有兩隻猴子相互理毛。

「做那個木箱是為了防猴子，猴子總是有辦法溜進教室，弄壞我們的掃把，把粉筆都摔斷。」籃球老師解釋著。

楊阿助遲疑了一下，看看窗外的猴子又看看木箱。

這時，木箱子裡突然傳出一點聲響，曉菲還因為過度驚嚇，發出小小的尖叫聲。

三個熊研究社的人立即睜大眼睛，表情振奮，其中兩位甚至走向木箱。

「讓我們看看木箱裡的東西可以嗎？」楊阿助問著。

教室裡一片死寂，瀰漫著緊張的氣氛。

「楊先生，這已經不是讓不讓你看木箱裡的東西的問題了，我怎麼感覺我們好像被審問了呢？就算你是警察，也需要一張搜索證什麼的，你就這樣無禮的要檢查學校的東西……」校長看起來非常不高興。

籃球老師趕忙的往前跨一步，說：「沒關係，就讓他們看，不然他們會以為我們真的在教室裡藏了一隻大黑熊。打開吧！打開那個木箱子。」

我們全嚇傻了！不敢相信籃球老師竟然同意他們。

楊阿助表情興奮的走過去，彷彿正走向一塊世界上最美味的蛋糕。

楊阿助打開木門，躲在裡面的喜松只穿著內褲，一手拿掃把一手拿水桶，大叫一聲跳出木箱，站在箱子前敲著水桶鬼吼鬼叫的。

楊阿助嚇了一大跳，後退兩步，瞄了一眼箱子，裡頭橫七豎八的立著幾根掃把、拖把，木柄上還掛著衣服和褲子。

籃球老師衝上前，安撫了喜松，一邊將他推進木箱裡一邊說著：「喜松好乖，不要鬧，進去把衣服和褲子穿起來，我們有客人，你這樣沒有禮貌喔。」籃球老師轉身對楊阿助小聲的說：「這孩子有點問題，只要發作就會這樣脫光衣服躲起來，我剛剛以為他去廁所，沒想到……」

楊阿助失望極了。他看到地上有幾根黑色的細毛，蹲下去撿起一根黑色的毛，拿到眼前看了又看。

每個人都露出緊張的神情。

我將臉湊過去看：「那是從掃把上掉下來的。」

楊阿助失望的走回講臺：「怎麼不見你們的熊布偶呢？」

「喔，髒了，送洗了。」籃球老師笑著說。

「不好意思打擾大家了。如果你們有在山區看見熊，希望你們能給我們打個電話。我們很愛黑熊，你們一定也是，讓我們一起為保護黑熊來努力。」楊阿助難掩失望的說。

熊研究社的人開著車從大樟樹旁的小路開上馬路，離開了霧來村。

喜松穿好衣服坐回位置上，嘿熊還坐在木箱子裡沒敢出來，提防那些人又忽然折返。

「喜松是我們的大英雄。」林亦全歡呼著。

「喜松，你好勇敢，敢穿著內褲跑出來。」我說。

「為了嘿熊，我什麼都可以做……」喜松紅著臉說。

嘿熊探出頭來，看著喜松說：「謝謝松……」

「全裸，露出小雞雞也可以嗎？」林亦全故意問著。

喜松紅著臉，看了一眼嘿熊，說：「露出小雞雞算什麼。」

「我們都要謝謝喜松。大家今天都表現得很好，沒有驚慌失色，沒有緊張也沒有哭，我真的以你們為榮。」簡球老師說。

「老師，我們說了一個大謊言，學校有一個熊同學，我們卻說沒有！」小果說。

「雖然熊的研究對臺灣的森林和臺灣黑熊有很大的幫助，但是，他們一旦發表了研究的成果，一隻會說話的黑熊，會給森林裡其他的熊帶來更大的傷害。我們這樣做是對的，越少人知道越好。」簡球老師用肯定的語氣說著。

「老師，既然研究一隻熊這麼重要，我們就自己來研究。」

喜松說：「我們有一隻熊啊！」

「對呀，我們可以自己寫一本臺灣黑熊研究報告。」我說。

「但是我們只有嘿熊，數據太少，只能說是一隻黑熊的故事，不能說是研究報告。」簡球老師說。

「那我們就來寫嘿熊的故事。」小果說。

「這肯定是一個好故事。我們不能只用一篇作文來打發，我們現在開始每天寫日記，寫日記也是收集材料的一種方式，等你們升上中學，就有夠多的材料寫成一本五萬字的故事，也許你們高中的時候第一本書就出版了呢！」

這點子真不錯。

但是，接下來的日子，只有陳小果非常勤奮的寫日記，她甚至記下嘿熊說過的每一句話。

我對小果說：「動物研究員如果知道你有一本和嘿熊當同學的生活日記，一定願意花高價買回去研究。」

小果不以為然的說：「他們一毛錢都不會花，因為這看起來很像我編出來的童話故事。」

真的，在遇見嘿熊之前，我也會認為那是虛構的童話故事。

這是我第一次覺得自己身處在童話故事裡，這一切感覺很不真實，卻又千真萬確。很詭異是吧！

12 嘿熊再見

快樂的日子總是過得特別快，嘿熊來了之後，日子好像變成噴射機，「咻！」一聲，一個學期就結束了。

明天就要放暑假了，喜松要下山到外婆家住，小果要下山參加暑期才藝營隊，曉菲、阿全和我留在山上。爸媽希望我能到山下過暑假，也許可以上個英文學習營隊。我說我要留在山上，暑假待在山上比較涼爽。

嘿熊今天放學後，就要回到森林，是回到很深很遠的那個森林，而不是平常為了上學而暫時居住的靠近村子的林子裡。如果是這樣，嘿熊在暑假的時候，就不會大老遠的從很深很遠的森林下山，回到霧來村看我們。我們要兩個月後才能再見面了。

「嘿熊，你可以住我家。」我說。

「我要回家，我的家在森林裡。」嘿熊說。

「如果我們想去看你，在哪裡可以找到你？」阿全問。

「你找不到我的，我在很遠的深山裡。」嘿熊說。

「兩個月後開學，你要記得回來。」我給了嘿熊一本月曆，在開學日那天塗上顏色，寫上「開學日」，嘿熊每天早上醒來就劃掉一天，這樣就不會錯過開學。我們送給嘿熊好幾罐蜂蜜，裝滿了他的背包。

「慢慢吃，不要一下就吃光喔！」曉菲說。

「你管人家怎麼吃！」阿全說。

「吃完要漱口，萬一蛀牙就麻煩了，我們要看牙齒都要下山，如果嘿熊蛀牙不知道要給誰看呢！」小果說。

「嘿熊，你張開嘴，我們先看看。」喜松拿來手電筒。

嘿熊張開大嘴，喜松站上桌子，我也站上去，我們用手電筒照著，檢查每一顆牙，黑熊的牙好大顆又尖尖的，如果被熊咬到，一定非常的痛。

「嗯，除了有點口臭之外，牙齒沒啥問題，沒有蛀牙。」喜松說話的口氣，還真以為自己是個牙醫師了。

曉菲把自己中午用的牙刷洗乾淨後，連同牙膏一起送給嘿熊：「吃過蜂蜜要刷牙，才不會牙痛。到溪邊刷牙。」

「想我們的時候，可以看照片。」阿全說。簡球老師把上次爬到香楠樹上的照片洗出來分送給大家，嘿熊也有一份。

「真不想和嘿熊分開。」小果說：「我會很想你，嘿熊。」

「我也會想你們。」嘿熊說。

「要遠離拿槍拿箭的獵人，我們給你看過槍和箭的樣子，那些東西很危險。人也是危險的，看見人要警覺。」簡球老師叮嚀著。

「知道，老師。」嘿熊跟著我們學會尊敬老師。

「還有山豬吊，千萬不要踩到了。」我提醒了一句。

「等暑假結束後，你會回來學校嗎？」曉菲看著嘿熊，表情有一點憂傷。

「可能會，也可能不會喔！」嘿熊歪著頭用開玩笑的語氣說著。

「你如果沒有回來，我們會心碎。」余曉菲握著嘿熊的大手掌說。

嘿熊把曉菲抱在懷裡，拍拍她。

放學了，幾乎是全校師生一起送嘿熊到森林入口處。那三棵櫸木從紅色轉成嫩綠色，再轉成現在一樹的翠綠。嘿熊站在櫸木樹下，朝大家揮著手，大家都不肯走，嘿熊就一直揮著手。

為什麼我的心好像酸酸的、痛痛的？去年暑假同學們各自散去，我只有一點點難過，但是為什麼送走嘿熊，我就那麼難過呢？我看見小果和曉菲在擦眼淚，大家都不想和嘿熊分開呀！

嘿熊看起來也很憂傷。

「再見了。」嘿熊說完，終於放下揮動的手，轉身步入森林，嘿熊背著紅色小背包，消失在森林入口處。

「再見，嘿熊。」我們扯著喉嚨喊著。

那時候，我們並不知道，那是我們最後一次見到嘿熊。

13 回不去了

暑假才過了一個星期，就有一個颱風要來了，這是今年第一個颱風。天氣變得很悶熱，氣象局說這次颱風結構非常扎實，雨量會超過五百毫米。

五百毫米，已經是超大暴雨了，這種雨量，住在山上很危險。學校後方是一個大草坡，那是一個緩坡，那樣的斜度是土石流喜歡的，一旦雨量暴增，土壤飽含水分後，就可能一整片崩塌，那裡如果崩塌，連大樟樹也保不住。

村長透過廣播告訴全村的村民，收拾重要的家當，要撤離到山下的活動中心避難，這次風大雨大，可能會有土石流。除了學校後面的斜坡，村子另一邊還有一條溪經過，那是水的路徑，如果雨量過多，溪水就會夾帶大量土石衝下山，村子將首當其衝。

鄉長聯繫了兩輛軍車，來接我們下山避難。

有車的開自己的車，沒車的就坐軍車。

我們不安的收拾被子、重要衣物、文件。

「要不要找嘿熊一起去避難？」我說。說完自己都覺得不可能，要去哪裡找嘿熊？就算找到了，嘿熊要和大家一起睡在活動中心嗎？

「別傻了，那是不可能的事。熊應該待在森林，他們知道如何躲避暴風雨。人類比較脆弱，住的村子沒有樹林保護，旁邊就是溪流，土石流隨時都可能發生。」阿公嘴裡這麼說，卻一臉擔憂的望著森林的方向。

「嘿熊會找個山洞躲起來的，我們不用擔心。」阿嬤說。

大家心情沉重，一邊收拾行李一邊想著，什麼東西該帶走，什麼東西該留下？這不是我們第一次暫時撤離，住在山上的我們算是很有經驗了，每一次都擔心會不會回不去，每一次又都平安回家。這次我們也能平安回家嗎？心裡很不確定。我把和嘿熊合照的照片也放進背包裡，那可是我最珍貴的東西。另外就是課本、作業簿、喜歡的書。雖然是夏天，我還是把最喜歡的冬天外套帶上。要把每一次撤離當成永遠撤離，才能決定什麼東西非帶不可吧！

我們把要帶下山的東西塞進阿公的小貨車上，小貨車幾乎要塞爆了。

其他人也陸續坐上軍車，這時開始下起了雨。

大家依依不捨的帶著重要家當，一路下山，把學校和村子留下，把再過不久就要採收的菜留下，把嘿熊也留下。希望颱風手下留情，放過我們村子；希望雨水不要下太多，讓溪流吼叫就好，不要讓它瘋狂；希望我們回來的時候，一切都還在。

我們住進山下的活動中心，把床墊鋪在地上，把行李箱當書桌寫字或畫圖。

風雨像個暴躁的討債鬼，拚了命的擊打我們暫時棲身的活動中心，要逼我們出去面對，如果交出錢包，風雨就可以停歇，我們都很樂意交出來。但是，這回外頭狂躁的風雨要的是什麼，我們也不知道。

經過一整夜的鬼哭神號，接近清晨的時候，風似乎走遠了，世界安靜下來，我們以為颱風終於要放過我們了，這個颱風真的很討厭，要走了竟然還回頭在原地打轉，像個極度暴躁的傢伙，狂砸他看見的任何東西，把大地擊打得殘破不堪，將大樹連根拔起，掀掉鐵皮屋頂，讓它在空中翻了幾翻，重重摔在活動中心的屋頂，發出的巨響把我們的魂都嚇飛了！

天亮之後，風變小了，雨變大了，避難的活動中心在高處，低處開始淹水，活動中心擠進更多的人。

這麼大的風雨，霧來村還好嗎？

嘿熊呢？有沒有在山洞裡好好的躲著？

風雨折騰了一個半夜和一整個白天，傍晚，風停了，雨繼續下著，一桶一桶的雨就這麼從天上傾倒下來，好像天上的那個世界正在進行一年一度的大掃除。

第三天，雨終於變小了，我們走出活動中心，整個社區幾乎泡在水裡，許多人在水裡走動，還有人坐在大膠盆裡，用洗衣板當船槳滑稽的划著。我一點玩耍的心情都沒有，這裡都淹水了，霧來村還好嗎？風雨停了，但天也暗了，得等到明天才能回霧來村。

隔天，我們早早醒來，收拾好床墊和衣物，將行李打包成和來的時候一樣。走出活動中心，村長的吉普車停在大門前，兩個軍人和村長在那裡說話。從他們凝重的表情看來，大事不妙了！

村子還在嗎？

村長轉頭看我們的時候，那含淚的雙眼讓我們也崩潰了！

我們回不去了，土石流把霧來村一整個吞噬了！

阿公開著貨車載我和阿嬤還有阿全往霧來村的方向開去，我們知道有一個彎道可以看見霧來村。每次下山再上山，經過那個彎道，就會看見霧來村的大樟樹。無論如何，我們都得親眼目睹，才能真正的死心！

我們抵達彎道的時候，已經有五輛車子停在那裡，喜松的阿公和小果的阿嬤也在那裡，他們紅腫著雙眼轉頭看我們，那眼神觸動了彼此最悲痛的情緒，一個個從眼眶含淚變成低聲啜泣，再從低聲啜泣變成號啕大哭……

在遠處看著崩斷的山壁，被土石流掩埋的村子和學校，大樟樹也從地表消失！我們都哭得很慘，除了失去房子、耕地和學校，我們再也見不到嘿熊了。嘿熊也會很傷心，他連學校都找不到了。

我們不得不向大自然妥協。霧來村的村民住在森林邊緣，享受清新的空氣，欣賞美麗的山林風景，同時也承擔著大自然善變的風險。之前好多次，我們有驚無險的回到村裡，這一次，老天爺終於不讓我們回家了。

我們很傷心，但也知道要趕快振作起來。

爸媽在山下開的機車店，後面只有一間房間、一間廁所和一個小小的廚房和晒衣服的陽臺，沒有多餘的房間容納阿公、阿嬤和我。還好山下有許多空置的房子，村長和當地的鄉長商議後，決定和屋主暫時租用，霧來村民免一年租金，如果願意繼續租，第二年就得自己付租金。於是，我們各自搬進這些經過簡單維修的房子。這棟房子的屋主是個大好人，他說我們要住多久就住多久，不用錢，我們來之前，這房子就這麼空著了，沒理由跟一個失去房子和土地的人收錢。有人住進去，房子也很高興，終於不再寂寞了。

阿嬤常常在半夜哭泣，住了一輩子的家，就這樣消失不見了，怎不讓人心碎呢？阿公常常坐在屋簷下的藤椅上，抽著菸斗，一臉茫然。我非常想念山上的生活，想念簡球老師，更是每一天都想著嘿熊。我們的心，有一部分也被土石流捲走了，留下一個黑洞，悲傷來的時候，胸口就會發出「咻咻咻」的悲傷的聲音。

山腳下的天氣真的很熱，整個夏天燠熱難耐，空氣溼黏，只是站在門口就汗如雨下，連風也不想到山下來。

阿公和阿嬤失去了耕作的土地，不能種東西讓他們很痛苦，爸爸買來幾袋土，在院子裡弄了一個小菜園，讓阿嬤可以種菜，耕種會讓阿嬤忘記她失去的東西。

簡球老師調到中部一所偏遠國小。我們偶爾會給他寫信，說說我們的近況。我們從來不提嘿熊，我們說好了，要緊緊守著這個祕密，爸媽不知道，也就不用讓他們知道了。我常常覺得不告訴爸媽這件事讓我很內疚，好像不信任他們，情感上背叛了他們，有幾次話到嘴邊，又嚥了回去。我們擔心的是，一旦說出去，也許就會有人上山去獵熊，他們會翻山越嶺抓光森林裡的熊，只為了找到那隻會說話的熊，收門票讓他說話給別人聽。就像一個魚池的土堤崩了一小塊，慢慢的變成崩掉一大塊，最後整個魚池的水就會流光光。那是很可怕的一件事。

霧來國小從地球上消失了，我們轉學到山下國小，努力適應新生活，逼著自己記住班上二十個同學的名字，上課下課都鬧哄哄，因為人實在太多了。

人的適應力是很強的，剛開始不習慣，最後總是會適應的。開學一個月之後，臺灣發生了一件大事，一群山老鼠在新竹山區盜伐林木，還殺了一隻臺灣黑熊，並把牠煮來吃。我們既擔心又憤怒，擔心那隻熊會不會是我們的嘿熊？我們非常憤怒，人類有很多食物可以吃，為什麼要去吃黑熊？

阿公拿著放大鏡看著報紙上登出來的黑熊的屍體，試著辨認是不是嘿熊。

「這隻黑熊太瘦了，個子也不高，嘿熊被我們養得很胖，還不至於幾個月就瘦成這樣。這不是我們的嘿熊。」阿公說。

「我們的嘿熊很機靈，知道要躲開這些獵人。」阿嬤說。

「嘿熊會從中部走到新竹嗎？」我問。

「整個森林都是嘿熊的家，他想去哪裡就去哪裡。」阿公說。

雖然我們覺得那隻熊不是嘿熊，但是心裡隱隱約約有一股不安在那裡躁動。希望山神、天神、樹神，和森林裡所有的神靈，保護森林裡所有的動物，包括我們的嘿熊。

曉菲每天都紅著眼睛來上學。她覺得那隻被吃了的熊就是嘿熊，嘿熊已經死了！

阿公連續好幾天拿著放大鏡研究那張熊的屍體照片，他很肯定的說：「那不是我們的嘿熊，身材不是，那張臉也不是，我很確定。」

我相信阿公，因為嘿熊可不是普通的熊，他是上過學，會寫自己名字的嘿熊耶！

14 嘿熊上報了

五年後，我們都長大了，就讀山下國中二年級。

我們看起來已經完全融入山下的生活，山下有超商、有熱鬧的市集、有款式多樣的服裝店、有咖啡館和炸雞店，山下的生活既便利又熱鬧。但是，有一部分的我，還留在那個有霧又有熊的霧來村，我的靈魂小精靈分裂成兩個，一個留在霧來村，還在我的身體裡的那一個，有點悲傷又有點茫然，暫時還找不到讓他快樂的東西。

五年後的我們，又長成什麼樣了？

喜松終於找到讓身體裡的靈魂小精靈快樂的東西，就是他想當牙醫，未來要開一間牙醫診所，希望有一天能幫嘿熊看牙齒，他已經想好了怎麼做，他的診所會開一個很大的後門，偷偷的用箱子把嘿熊運到診所來。他會有一間特別的診療室，裡面放著專門為熊的身材設計的躺椅，也許未來嘿熊的孩子也遺傳了嘿熊會說人話的基因，他的牙齒也需要定期檢查。這個願望讓喜松非常非常努力，他去年拿下全年級第一名，和當年總是第五名的林喜松，已經判若兩人。

阿全說他想當林務局的山林護管員，希望有一天能在森林裡和嘿熊再一次相遇。

陳小果說她要當作家，長大要寫嘿熊的故事，將真實的故事用虛構包裝起來，讓讀者分不清楚是真的還是假的。當有人問她，這故事是真的嗎？她就要回答，很多故事就像一個包子，有些包子皮比較好吃，內餡不好吃；有些包子皮很難吃，但是內餡卻很美味，但是，他們一起吃，就很好吃。故事的真實與虛構就是這樣，看起來像假的，其實是真的，或者反過來，這樣的故事最好看。她要當那種把真實的材料都處理成虛構的作家。

余曉菲說她要當動物研究員，一邊調查動物，研究動物行為，一邊拆除設置在林子裡的山豬吊陷阱。

「等我們長大，我們要組成一個拆陷阱大隊。」余曉菲說。

「我們會不會很快就被打死了？」阿全說。

我呢，則是想當一名獸醫，希望未來能幫嘿熊檢查身體，讓他保持健康，也幫那些無法說話的動物們治療病痛。

嘿熊並沒有悄悄的改變我們的人生，而是大大方方的影響了我們的現在和未來。

早上，正要走出家門上學去，阿公手上拿著一份報紙和村長神色慌張的快步走回家。一進門，阿公便把報紙遞給我：「還好你還沒出門，你看看這個。」

有獵人從霧來山區各處撿到一本月曆和四張略顯破爛的照片，這些照片登上報紙頭版，一張是五個小朋友和一隻熊爬上一棵大香楠樹，小朋友分別坐在不同枝幹上，熊站在最高的樹杈上，摟著一個男孩；另一張是熊背著一個小男生正在爬樹，那個在熊背上的人是我；還有一張是熊背著紅色小背包，在霧來國小和全校師生的合照，最後一張是黑熊站在我家門口和阿公、阿嬤、我，還有波吉的合照。

斗大的標體寫著：

我的同學是一隻熊

記者懷疑霧來國小曾經來了一隻熊，他去上學，還和村民們一起生活一段時間，這些照片就是最好的證明。

阿公壓低聲音說：「今天一定會有記者到學校，不管記者怎麼問，他就是一隻熊布偶。我剛剛已經和所有人都講好了，要嘛就躲在家裡躲記者，不小心被記者堵到，就堅持那是熊布偶，口徑要一致。」

「我知道了。」我點點頭說，然後便跨上我的單車。

嘿熊是否平安呢？照片是在哪兒被撿走的？嘿熊在七月和八月的月曆上的每一天都用鉛筆畫上一個大叉叉，他每天都在算日子，是期待暑假後要回來上學的。開學日都過了，他還是繼續在九月、十月、十一、十二月的每一天都畫上大叉叉。

我的心情好沉重，嘿熊，這麼多年過去了，你是否好好的活著？你現在又在哪裡呢？

第二節下課，我、喜松、阿全、小果和曉菲被叫到校長室。電視臺的工作人員已經在校長室了。我們一出現，攝影師立即將鏡頭對著我們猛拍。

記者對我們說明了來意，起因是今天報紙的報導。她希望我們能同意受訪。我們故作輕鬆的說些沒問題之類的話。

「我們懷疑曾經有一隻熊到霧來國小和你們一起上學。」魏姓女記者問著：「今天報紙寫的都是真的嗎？」

我們五個人在鏡頭前抱著肚子哈哈大笑，笑了好久後，阿全才說：「那是熊布偶啦！」

記者指著嘿熊背著我爬樹的照片說：「一般布偶沒有藉助任何繩索是無法掛在樹上的，何況他的背上還有一個小孩，這小孩也有三、四十公斤重吧！布偶不可能承受這麼重的重量，這是不合理的。」

「我們真的爬上樹，這場景是我們簡球老師布置的，照片也是他拍的，為了好玩的效果，熊布偶是老師最後故意貼上去的。」我說。

「這只是一堂很有趣的森林找詩課程。」陳小果說。

「請問，這是哪裡買的熊布偶呢？好逼真，我也想去買一個來玩玩。」女記者問。

啊！我們愣住了，沒想到會有這個問題。

「我們也不知道，簡球老師帶來的……」阿全說。

「可能是在臺北買的吧！這種東西山下的小東百貨應該買不到……」喜松說。

「熊布偶一直在教室裡……」曉菲說。

記者用狐疑的表情看著我們，她指著報紙上的嘿熊說：「一般的熊布偶都會做得很可愛，像泰迪熊、小熊維尼、臺灣黑熊，都很卡通很討喜，但是你們這個布偶太逼真了，看起來還有點可怕，不合理……」

「我想簡球老師當時的出發點，應該是要讓我們了解臺灣黑熊，才會買下或是訂做這麼逼真的黑熊，我們都很喜歡，當他是真的熊同學。」我說。

「你怎麼不去訪問簡球老師，他應該記得很清楚，我們那時候那麼小，記憶也許有錯。」小果說。

「簡球、張小花、鄧莉莉和校長羅克東都不願意受訪，他們說很無聊。」記者說。

我們或許也不應該受訪。話說多了，出錯的機會就高。

「這麼久了，真的不記得了。我們第一眼看見熊布偶的時候都嚇死了，以為是真的。阿菲還哭了，黎麥的腳還一直發抖呢！」阿全說。

我瞪了阿全一眼，幹麼說我的腳發抖的事啊！

「教室裡有一隻熊布偶一起上課，感覺真的很好，我們當他是真的同學，還會跟他說話呢！真懷念那段日子，很想念我們的霧來國小，想念我們的熊同學。」小果一臉憂傷的說。

記者看起來很失望，事情沒有按照她的劇本走，再問下去也得不到更有趣的回答。

採訪結束了。我們鬆了一口氣。

經歷這些事，我們還能專心上課嗎？我的思緒早已飛回到霧來村、霧來國小，我又想起簡球老師愛點名，嘿熊大聲答「有」的畫面。

為了不讓其他人懷疑，我們若無其事的各自散開，回到自己的教室上課。

放學後，其他四個人先後來到我家，更讓人驚訝的是，簡球老師竟然來了。他早就到家裡等我們。

我們躲在房間，哭成一團！

嘿熊掉了這些照片，是否已經遭遇不測？想到嘿熊或許已經死了，我們的悲傷就無法平復。

「也許嘿熊的背包破了爛了，東西都掉出來。」我擦掉眼淚後說。

阿公和阿嬤沒多久，也擠進房間。

「我們看見新聞了。」阿嬤說。

「也許嘿熊打架的時候，背包被撕爛，照片才會掉得到處都是。」阿公說。

「報紙登出來後，我任職學校的老師和學生大都認為就是熊布偶，覺得報社真是少見多怪。」簡球老師說。

「好想念嘿熊喔！」喜松說：「不然，我們回霧來村，再從霧來村進入森林，看看可不可以遇見嘿熊？」

「村子都埋掉了，路也塌了，回不去了。」阿公黯然的說。

媽媽這時開門探頭進來：「你們留下來吃晚餐吧！」媽媽常常回家做飯給我們吃。

我們彷彿是一群正在密謀搶劫銀行的盜匪，計謀突然被發現一般，全都嚇了一跳，面露驚恐。

媽媽也嚇一跳：「你們是看見鬼喔，那是什麼表情？」媽媽看著大家，大家也看著媽媽，媽媽看見桌上擺著今天的報紙，露出一種恍然大悟的表情，她睜大眼睛問著：「那隻熊是真的，對不對？簡球老師都來了，那不是熊布偶？」媽媽說完後，露出一種非常複雜，不被信任的受傷表情。

我把媽媽拉進房間，關上門。

「黎媽媽，請聽我說，這不關孩子們的事。這是我們下山那天，全村村民和村長，還有學校師生一起討論出來的決定，除了和熊相處過的人，其他人一概不說，包括山下的家人，因為你們沒有和熊一起生活過，也許不會理解那種感情有多深，我們有多愛那隻熊……」簡球老師聲音哽咽了起來，接著他哭了，把臉埋進手掌裡哭得很傷心。

「嘿熊到我們每個人家裡輪流住，我們親密得像家人。我們擔心你們無法理解，隨便一句玩笑話就可能讓嘿熊被抓走。」阿嬤說：「其實，藏著這個祕密並不容易，但是，我們走過來了，我們沒有洩漏半句。」

媽媽點點頭：「嗯，可以藏這麼久真的很不容易。我明白，我也守得住。」

守住一個祕密有多難？還真難呢！你會很想跟朋友分享，你會很想跟你心儀的女生講這宇宙無敵的經歷，但是，我們都忍住了，因為我們都太愛嘿熊了。

接著，換爸爸開門進來，他受到和媽媽一樣的驚嚇，也露出和媽媽一樣受傷的臉，接下來也和媽媽一樣諒解大家的決定。

「嗯，你們做得很好，真的。」爸爸說：「報紙登這麼大，還上電視新聞，機車行的鄰居沒有人相信，大家都說電視臺沒新聞可以報了，只有一個人懷疑整件事，他說：『有沒有可能是真的呢？』但是，沒人理他。」

「就像郵差戴可，很輕易就被說服那是一隻熊布偶，如果當時他堅持要走進教室摸一下，那肯定就穿幫了。」陳小果說。

「他其實是懷疑的，他跟熊研究社說，他看到的熊是真的，熊研究社才會到學校找熊。」簡球老師說。

爸爸和媽媽跟我們保證，他們一個字也不會說出去。他們因為加入我們，顯得特別高興。

我們以為這件事就這樣不了了之，一隻熊布偶和孩子合照的事件實在沒什麼可追蹤報導的。

二個月後的一個週末，我們都在家，一個來自動物研究中心名叫林連峰的研究員來到我家門口，他說他有一件關於熊的消息想跟我們說，我們趕緊請他入屋。

一陣寒暄之後，他從背包裡拿出幾張照片，那是紅外線體溫感應照相機拍下的照片，上頭是一隻背著破爛背包的熊的背影，還有一張是清晰的正面照，那是嘿熊，那真的是嘿熊啊！我差點從椅子上跳起來，心裡相當激動。

嘿熊還活著，嘿熊還活著！嘿熊還活著！

阿公和阿嬤很鎮定的坐在沙發上，阿嬤的眼睛紅了，她強忍著不讓眼淚掉下來，雙腳還因此微微顫抖著。

我們依然無法分辨那是不是嘿熊的臉，但是他背著的那個紅色小背包，是陳小果送他的，我們好幾次目送嘿熊回森林，對於他的背影最強烈的印象，就是這個紅色背包。

「這隻熊背著背

包，我長眼睛以來，從來沒見過。」林連峰帶著微笑說：「這是體溫偵測照相機拍的，布偶沒有體溫是拍不出來的，這隻熊是真的。」他拿出刊登小朋友和熊合照的報紙，指著嘿熊身上的背包：「這個背包他一直背著。」

阿嬤的眼淚終於滾下來了，她喃喃的說著：「背包這麼破爛了還背著……」

阿公紅著眼睛看著來客，等著他說明來意。

對嘿熊這麼厚重的感情是要怎麼藏啦！

林連峰似乎感受到屋裡怪異的氣氛，他微微笑了一下，說：「你們放心，我今天來就是要讓你們知道，你們的熊朋友，還健健康康的活著。」接著，他壓低聲音說：「這些照片是我偷偷藏起來的，只有我一個人知道，我沒有跟上級報告，也不會告訴媒體，我會假裝沒有這些照片。」

阿公靠過去緊緊握住林連峰的手，激動的說著：「謝謝你，我們全部的村民和嘿熊和森林裡所有的熊都謝謝你了。」

「這是我應該做的，我們都知道的，有些人為了利益，什麼事都做得出來。」林連峰淡然的說，然後轉頭看著我，問：「你的同學是一隻熊，酷斃了吧！」

「坐火箭上月球都比不上的酷。」我吸了一下鼻子後說。

接下來，我們聊了很多嘿熊在霧來村的生活，他會寫自己的名字，還寫過一首詩，會唱簡單的歌，輪流住在村民家裡……

「真叫人羨慕啊！」林連峰一臉嚮往的說。

林連峰把照片送給我們：「這次上山收照片的是我，如果換成別人，他公開了這些照片，讓這隻背背包的熊揚名世界，就是他的災難了，也許你們可以上山去找他，讓他拿下背包，這是為了他好。」

林連峰告訴我們拍下照片的位置：「很難說他會在那個區域逗留多久，熊活動的範圍很大。」

這個區域距離霧來好遠，嘿熊已經離開霧來村了。

送走林連峰後，我們趕緊告訴其他同學，同學們也立即趕過來看照片。

嘿熊在森林裡活得好好的，背上還背著小果送他的紅色背包，大家都好高興，高興到哭了，這陣子，我們都變成愛哭包了！

和阿公商量後，我們決定去一趟霧來村。

阿公找來了村長，他們規劃了一條繞遠路的路徑，走上半天就可以抵達霧來村。他們決定隔年二月山枇杷結果的時候再出發，那時候見到熊的機會也許大一點。

在森林裡遇見熊，如果沒有紅色背包，我是否能一眼就認出嘿熊？我們長大也長高了，外貌也改變了，阿公阿嬤也變老了，嘿熊能認出我們嗎？

也許，我們每見到一隻熊，就對著他喊：「嘿熊。」

總會有一隻停下來喊：「有。」

15

嘿熊，你好嗎？

出發那天是二月初的某個週末，天氣晴朗，陽光驅走了寒意，春天就快要來了。

我們一行六個人，村長、阿公、籃球老師、我、阿全還有喜松，阿嬤很想去，但是她的膝蓋關節疼痛，無法走這麼遠的路，她要我們多拍一些村子的照片讓她看一看。村長說，這次先去探路，如果可行，下次就可以讓更多人回村裡看看。小果和曉菲說，爬山太辛苦，尤其這種要重新開路的山路，蟲、蜘蛛和蛇特別多，她們待在家裡等結果就好，小時候滿山遍野跑，什麼也不怕，長大後的女生似乎不那麼野了。

我們將車子停在可以看見村子大樟樹的彎道旁，土石流摧毀村子後，我們的車就停在這裡眺望已經消失的村子。這麼多年過去了，所有的樹都長起來了，連村子的位置也被樹木遮擋了，只知道村子就在樹林後面。我們要沿著草地旁一條往上延伸的山徑，走到最高的地方再往下走，這樣就能避開土石形成的陡峭碎石坡。村長說，這條路在步行三分之一之後就沒路了，要自行開路，如果上方崩塌的山壁斜坡太陡太危險，就得折返。

我們背著兩天的糧食出發了。想到可以在霧來村住上兩晚，心情就特別激動。

這段路走得相當辛苦，上上下下，可辨識的山徑結束後，村長和阿公就輪流找路,砍掉橫在面前的樹枝雜草,慢慢往前推進,前進的速度變得很慢。

終於來到碎石坡了,這就是摧毀我們村莊的土石流,它夾帶土石和泥水從更高的山上奔騰而下,直接把學校和公路和大樟樹垂直摧毀,留下一塊陡直的峭壁,這就是政府不願意為了幾戶人家而重新鑿路的原因,最重要的是,霧來村已經不安全了,安排我們遷村比較快。我們得在高處穿越不那麼陡直的碎石斜坡,才能回到霧來村。

遠遠的,我們看見霧來村了。土石沖走了大部分的學校,只留下邊間的廁所,可憐兮兮的駐守在懸崖邊。

這段碎石坡大概有一百公尺遠吧!

村長在腰間綁了一條繩索,繩索另一端綁在樹上,試著踩踏出一條可行的便道，他每踩出一步，碎石就往下滾動。他踩下更多碎石，踏出一個可以行走的平臺，直到走出一小段路後，回頭跟我們說：「可以的，沒問題，有土，踩起來就扎實。」

我的腳微微顫抖著，恐懼的感覺從腳底湧到肚子，到胸口，這滾下去可不是好玩的呀！

村長慢慢的踩出一條足夠一隻腳踩踏的路來，他站在碎石坡那一頭，打了三個噴嚏後，解開腰間的繩索，揮手要我們過去。阿公拉過繩索綁在腰間後接著走，他一邊走一邊輕踏路面，希望讓路面更緊實。接下來換簡球老師，他也一邊走一邊輕踏路面。

然後換喜松，再來是阿全，他們都站在碎石坡那頭，只有我在這頭。左邊是碎石坡壁，右邊是懸崖，我忽然想起嘿熊背我們上樹的那一天，嘿熊在樹上摟著我的肩膀時，我的腿就不抖了，心裡很平靜。我把繩索拉回來，綁在腰間，做了幾次深呼吸，試著找回那份寧靜，踏出第一步。我微微朝山壁側身，一步一步的走，我想著也許嘿熊此刻就在霧來村吃野生枇杷。我得走過去，才能知道嘿熊是否回來過。

終於，我安全的走過碎石坡。

我們又走了一個多小時下坡路，抵達霧來村時已經是中午了。

村子有一半毀了，靠近霧來國小這邊的房子都被土石捲走了，喜松和小果的家被颱風收走了，收去哪兒了？沒有人知道，颱風看上的，誰也留不住。靠近溪流的幾棟房子也被沖走了，只留下中間幾戶人家。我們和村長的家雖然被留了下來，但是這麼久沒有人住，颱風吹壞了門，樹枝敲破了玻璃，屋裡的磁磚裂開，種子飛進去，樹就在客廳長出來，小路上也長滿了樹和雜草，森林總算把這塊地搶回去了。

「你們看，嘿熊來過了！」喜松在我家後院大叫著。

我們來到種了許多枇杷的後院，不可置信的看著屋子的外牆，留著滿滿的嘿熊的川字形爪印！

嘿熊真的回來了！我摸著川字形爪印，和嘿熊分離這麼多年來，第一次覺得和他靠得這麼近。嘿熊的爪印，有新的也有舊的，這表示嘿熊每年春天都會回來。

阿公在後院和嘿熊一起種下的野生枇杷長得很健康，樹上結滿了塗上「亮亮的太陽的顏色」的枇杷。地上散落著枇杷種子，除了嘿熊，也許猴子、松鼠和鳥兒們也都來過了，嘿熊和阿公親

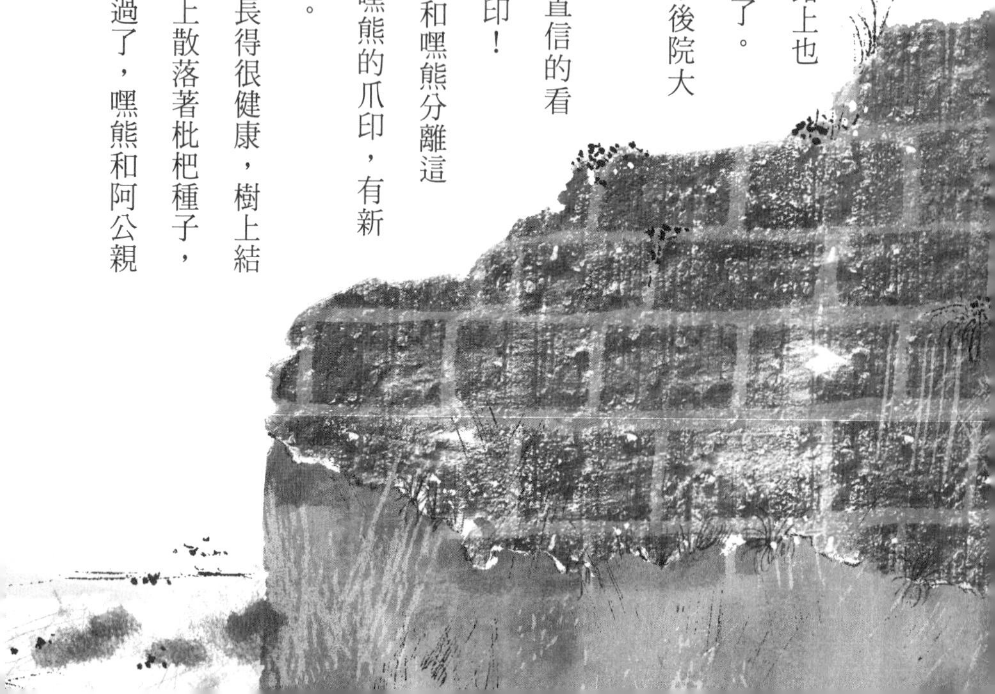

手種下這片枇杷樹時，誰都沒有料到，這裡竟然變成野生動物春天的嘉年華會場。

我們也摘了些成熟的枇杷吃，真好吃，真甜呢！嘿熊肯定是世界上第一隻自己種枇杷吃的熊。我將幾顆枇杷種子放進口袋裡，想著要在山下家裡的屋前種上幾棵。

「這是熊的大便嗎？」簡球老師蹲下身看著地面，拿起一根樹枝戳著。

阿公和村長也彎腰看著。

「是，的確是熊的大便。只是，不確定是不是嘿熊的。」

「一定不是嘿熊的，嘿熊會去廁所大便。」喜松笑著說。

大家都笑了。

「這些爪印看起來不是很新。」簡球老師說：

「嘿熊今年還沒有來。」

「既然今年嘿熊還沒有來，他一定會來，我們等他。」我說。

「一直等，也許能等到。但是，誰可以在這裡一直等呢？」村長說。

「嘿熊怎麼不給我們留幾個字呢？」我說：「也許有，我們找找。」

「這個字呀，很久沒有複習，很有可能已經忘記怎麼寫了。」籃球老師說。

「真高興當年種下這些樹啊！這裡是嘿熊的家了。」阿公欣慰的說著。

「我們可以回來這裡過暑假，直到我們遇見嘿熊。我真的好想念他喲！」阿全說。

「如果我們把碎石坡弄出一條安全又穩固的路，以後可以常常回來。」村長說。

「一定會再見到嘿熊的。也許下午，也許明天嘿熊就來了，如果他沒有走遠，聞到我們的味道就會來了。」我說。

嘿熊留下爪印，那就是他要告訴我們的，他來過了。

我們家已經毀了，村長家的客廳還保留完好，我們打掃了一番後暫時住進去。鍋碗瓢盆都還能用，瓦斯就沒有了，我們在院子裡生火煮大鍋麵。

我們在村子裡住了兩個晚上，每分鐘都期待看見嘿熊的身影。

但是，我們失望了，最後不得不離開！

「我們要給嘿熊留幾個字嗎？」阿全說。

「可以，但是一定不可以讓別人看出什麼或猜測什麼。」簡球老師說。

是的，那些記者並不相信我們的說法，萬一他們想方設法來到這裡，就有更多的故事可以說了。最後，我們把家裡的木桌子搬出來，簡球老師在桌面上刻了幾個字：

嘿，你好嗎？我們想你。

之後，我們又去了幾次，還住上七天，但都沒有遇見嘿熊。就像我們很難在沒有約定的情況下，在茫茫人海中巧遇朋友。

嘿熊沒有手機，我們也無法在森林裡巧遇嘿熊。

我們也有點擔心，嘿熊是否還健康的活著？

又過了一年。

國中畢業的第二個星期，兩個叔叔邀我去屏東的北大武山健行，我說我怕高，要走懸崖峭壁我可不行。二叔說，攀登說不上，應該是有點起伏的健行，有點難度，不過風景非常美麗，保證不虛此行。

於是我跟著兩位叔叔開車南下，再和他的朋友們會合後，一行十二人從木梯登山口朝北大武山出發。我的裝備叔叔都幫我背了，我只背自己的用品、食物、水和雨衣。

這段路走得相當辛苦，有幾道崩壁，讓我吊著一顆心，我知道內在的恐懼是好東西，它讓你踏出去的每一步都會非常謹慎。你艱辛的走進森林，大自然就用壯麗的雲海獎賞你，林子裡吹來的涼風和清新的空氣，讓我想起住在霧來村的日子。

來到杜鵑林，雲霧繚繞，樹林在雲霧間若隱若現，簡直是人間仙境，就像書法大師的山水水墨畫。這是三天兩夜的行程，時間充裕，不趕路，純粹讓人享受森林。我們預計在杜鵑林停留一個小時，坐著看霧發呆也好，到處拍照也好。能停留一個小時實在太好了，我離開人群，躲在一棵樹後面小便，霧中的樹林，美麗得很不真實，我的眼睛出現了錯覺，遠處似乎站立著一隻熊，是熊嗎？還是矮樹叢形狀像一隻熊？那熊躲進樹幹後面，沒多久又探出頭來。

我的心跳瞬間爆跳到一百，我彷彿看見紅色的背袋，那是嘿熊，嘿熊就在那裡！那不是錯覺。

我往熊的方向走去，輕輕的喊了一聲：「嘿熊，嘿熊，是你嗎？」

熊將身子縮回樹幹後面，我仍然繼續走，沒多久，熊又將頭探出來。

我來到距離熊躲藏的那棵樹大約一間教室的寬度，又叫了一聲：「嘿熊。」

熊終於走出樹幹，露出整個身體，他依然背著小果送他的紅色背包。

真的是嘿熊！

我激動的流下眼淚，沒想到還能再見到他。

「嘿熊，你好嗎？」我說：「我是阿麥。」

嘿熊看著我，只是看著我。

「嘿熊，我長大了，也長高了，你不認得我了？」我的聲音在顫抖，我比了比小學三年級時的高度，和現在的高度，說明我外貌上的改變。

嘿熊朝我走了幾步，一張大臉朝我的臉逼近，我們把彼此看得更清楚了。嘿熊的臉似乎變小了，他瘦了。

「阿麥，真的是你。」嘿熊說：「你長高了。」

再過兩年，我的身高就可以追過嘿熊了……

「嘿熊，你瘦了。」

我伸手碰觸嘿熊的手臂，他也伸手摸摸我的頭，然後我們擁抱了彼此，我哭了，哭得很慘。

我拿出嘿熊最愛的蘋果，一起坐在樹幹後面吃了起來。

「你有回去霧來村吃枇杷，你自己種的枇杷。我們看見你的爪印。」

「我常常回去，在村子旁的森林裡走走。」嘿熊說。

「大家都很想你。」我說。

「我也想大家。」嘿熊說。

我告訴嘿熊我們搬到山腳下的日子。

「學校不見，大家都不見，嘿熊傷心。」嘿熊拍著胸口說。

「我們見不到你，沒有跟你說再見，也很傷心。」我也拍著胸口說。

黎麥！遠處好像有人在叫我。

我從背包裡拿出紅外線體溫照相機拍出來的照片，遞給嘿熊：「這是你，背著背包被拍到很危險，他們會去森林裡找你，把你抓起來。」

嘿熊疑惑的看著照片，似乎在回憶是在哪裡被拍到的。

「嘿熊，你得把背包給我。」我說。

嘿熊露出困惑的表情，說：「我喜歡小果背包，它破了，我還是很喜歡。」

「但是你不能再背它了，再被拍到，會很糟糕。」

嘿熊看著我，不肯拿下背包。

「嘿熊，你必須把背包給我。」我又說了一遍。

嘿熊拿下背包，抱在懷裡：「小果，小果送的。」

「我知道，小果送的。」我用力的把背包從嘿熊懷裡拉下來。

背包髒髒舊舊臭臭的，背帶摩擦得就快斷掉了，側邊縫線爆開，相片應該是從這裡掉出來的。

「麥的照片，從這裡掉出去。」嘿熊指著破洞說。

嘿熊看起來很捨不得，但是為了他好，他真的不能再背了。拿下背包，也意味著我們將失去辨識嘿熊唯一的物件。

黎麥！黎麥！黎麥！

叔叔他們呼叫我的聲音變得更急迫了！似乎更多人加入在找我。

我和嘿熊站了起來，我得回去了，霧這麼濃，叔叔找我的範圍跟著擴大，如果找到這裡，讓他們看見嘿熊就不好了。

「枇杷成熟時，我們在霧來村見，好嗎？」我把背包裡的三顆蘋果和一包豬肉乾全拿出來塞在嘿熊手裡，再把紅色背包塞進我的背包裡。

「再見，嘿熊。」我抱住嘿熊，眼淚又滾了下來。

「再見，阿麥。」嘿熊把我抱在懷裡，又拍拍我的頭說。

我萬般不捨的轉身離開，有那麼一秒鐘，我幾乎想和嘿熊遠走高飛，進入森林成為大自然的一部分。

背後傳來嘿熊的聲音：「再見，阿麥。」

我再回頭看時，嘿熊已經消失在霧裡。

保重了，嘿熊。

推薦文

共譜一段人與黑熊的浪漫傳說

文／親職專欄作家　陳安儀

想像一下，在一間教室裡，旁邊坐著一隻熊——不是玩具布偶喔！而是真正活生生的臺灣黑熊——跟你一起上課、念書、寫字、說笑話，會是什麼情景？

再想像一下，這隻毛茸茸、威武壯碩的黑熊不但會講人話，還能把你扛在肩膀上一起去爬樹、看星星，再跟你一起回家作客、一起洗澡、一起睡覺……又是多麼的新鮮、快活？

每個作家的心靈深處，都有一個長不大的小孩。一般人上山旅行只會逛老街、買伴手禮；只有這個長不大的小頑童，才能夠看到濃霧裡來了一隻背書包上課的熊。這隻「嘿熊」不但走進了霧來國小三年級的教室，還成為學校的鎮校之寶，甚至讓全霧來村的居民，都心甘情願的一起保守這個天大的祕密。

我還記得小時候，當我信誓旦旦的跟媽媽說，我從五樓窗口跳下去救我的洋娃娃，再毫髮無傷的走樓梯回家時，我媽媽用一種似笑非笑的眼光、一副「你在做夢吧！」的語氣說：「沒有這回事，只有洋娃娃掉下去而已。」

雖然我媽媽的「寫實」就此扼殺了一個童書作家的誕生，然而我卻一直很喜歡閱讀這種「魔幻寫實」、進入生活中的童話故事。無論是車庫中住了一個外星人、或是後院孵出了一隻恐龍，還是教室裡來了一位熊同學……一半兒真實、一半兒想像的世界，總是比每天千篇一律、枯燥乏味的現實，來得有趣歡樂太多！

尤其是當作者那麼細膩的敘述熊同學的外型、他帶來學校的便當內容、他一邊講話、一邊噴口水的模樣；還有當外人突然來到學校時，大家慌慌張張的把他藏起來……那些緊張刺激的劇情，就讓人彷彿觀賞電影畫面一般親臨現場，如夢似幻，卻又如此栩栩如生。

我很喜歡友漁老師的童書作品，從《再見吧！橄欖樹》到《壞學姊》，到現在《我的同學是一隻熊》，她的作品總是帶著一股淡淡的詩情畫意，充滿著樹香、書香，鄉村、小鎮的氣息像是初秋的陽光微風，清新亮麗卻也舒適自在。

她尤其擅長處理關於大自然的題材，簡單質樸的筆調，不刻意裝小的語氣，以及符合主角年齡的敘述，讓童話故事也能合理、讓人信服，更讓想像引領我們來到另一個世界，即便是成人閱讀起來，也是一種享受。

本書中有好幾段描述令我印象深刻，首先是描繪主角同學們跟嘿熊一起躺在樹屋上的那一段，讓人感覺自己恍如也坐在燦爛的星空之下；還有那段颱風造成的無情土石流，令人回想起許多新聞畫面。最後與「嘿熊」的重逢，哀而不淒，讓人留下無窮無盡的回憶。

《我的同學是一隻熊》是一個關於自然與人的故事，也是一個浪漫溫暖的傳說，推薦給擁有童心的你，相信你一定會喜歡。

推薦文

藏於森林裡的璀璨寶藏

文／教育部閱讀推手　曾品方

每回打開張友漁老師的書，都有一種與老朋友談心的感覺，不只是有熟悉的味道，更有對未知的探索，這就是友漁老師的魅力。她的寫作題材多樣、風格多元，每一個故事，都能在字裡行間感受到濃濃的人文關懷和社會省思，例如《悶蛋小鎮》、《今天好嗎？公主殿下》、《阿國在蘇花公路上騎單車》、《西貢小子》、《我的爸爸是流氓》等，都是讓孩子一讀再讀的優秀作品。

帶著滿懷期待的心情，打開《我的同學是一隻熊》，故事發生在一個「霧很喜歡來」的山上小學，有一天，來了一隻「熊」想上學。沒錯，你沒看錯，就是一隻活生生、會講人話的熊，走進了三年級的教室。小朋友一看到熊，嚇得尖叫發抖，老師也迅速抓起掃把戒備，接著是校長大驚失色，轉身跑開。哇！熊一登場，就引起轟動，為什麼熊想要上學呢？為什麼熊會說人話？校長會不會跑去拿防熊噴劑啊！這一連串新鮮有趣的事，絕對會讓小讀者一打開書，就放不下來。

整本書除了開場的熱鬧非凡之外，緊接著就是各種貼近孩子們小小心靈的事件，例如：點名時刻、廁所大小事、暗號的默契、共同守護的祕密、上課說笑話、期待去朋友家過夜等，都是孩子的日常生活點滴，但是有了一隻熊的陪伴，讓每天都變得精采萬分，如同主角阿麥說：「我不能說那是我最快樂的一天，因為跟嘿熊生活的每一天都非常非常的快樂。」

當嘿熊變成了校園大明星，大家都希望和熊玩，搶著邀請他到家裡來作客，眼看就快要成為偶像效應之時，作者妙筆一轉，讓同學們到熊的家來玩。當孩子們和熊一起躺在森林裡的樹床上看天空、聽鳥叫、享受微風吹拂，一派安心祥和。小朋友們頓時就明白了，熊的家在森林裡，屬於大自然，從來都不屬於任何一位同學。朋友之間的友誼是相互體諒，學習站在對方的立場來思考，「愛」不是占有，愛是理解、尊重和分享。

近年來，由於氣候的快速變遷，再加上人類的大量開墾林地，野生動物的棲息地遭到破壞，導致了人類和動物之間的衝突加劇，許多悲劇的發生，正是因為沒有充足理解對方的處境。閱讀《我的同學是一隻熊》，不只是能感受到森林裡的璀璨寶藏，同時也能看到大自然無情摧毀一切的力量，所以這是一本充滿歡樂驚喜的書，更是一本寓意深遠的書。友漁老師的文字就是有這種神奇的力量，沒有說教，沒有泛論，只有一篇篇迷人的故事，就能讓想像力去翱翔，更能落點在真實世界的喜和悲，傳達出發人深省的意涵，絕對是可以一讀再讀的好書。

尤其是在當今的疫情之下，孩子們不能到學校，不能和好朋友朝夕相處，不能在操場上奔跑嬉戲，心中難免落寞。此時此刻正適合閱讀《我的同學是一隻熊》，讓孩子打開心扉，和熊同學一起寫詩、畫圖、分享食物，倘伴在大自然的懷抱裡，隨著故事的曲線，時而微笑、時而忐忑、時而感傷，最終體悟到即使是不忍離別，也要放手讓熊回到深山裡，因為這就是符合大自然規律的最好安排。

推薦文

人熊殊途，真情同歸

文／清華大學客座助理教授．前臺北市國語實小校長．兒童文學作家 林玫伶

一所位於海拔一千公尺霧來村的迷你小學，時不時霧裡來霧裡去的。某天濃霧散去後出現了一隻熊。這隻熊會說人話，想上學，喜歡三年級，而且不會吃人。

三年級只有一個班，五個學生加上一位老師。熊想知道人類想什麼，人也想知道熊在想什麼，他們一拍即合，熊變成了熊同學。

故事寫的就是熊同學和這一班、這一校、這一村人發生的大小事，同時也透過人熊互動的故事，傳達了幾個值得思考的問題：

第一，什麼是真正的朋友？

熊來了。學生老師校長都愛他，家人村民也都歡迎他，熊同學擁有了

屬於他的名字「嘿熊」。他們一起遊戲、一起分享、一起說笑話，他們有暗號、有信物、沒有算計，理解並且欣賞熊和人的不一樣。每個朋友都為嘿熊忍住，不透露半點風聲，連住在山下的家人也不能說，對一隻會說話的熊來說，保密才能守護他。而為了守護熊朋友，事隔多年再相逢，也要選擇忍痛分離。

第二，大自然有沒有傷心事？

大自然的動物每天為生存努力，飢餓的松鼠拿走鳥媽媽的蛋，該為鳥媽媽傷心嗎？嘿熊回答：「鳥媽媽，不傷心，春天還在。鳥媽媽，會快快快去談戀愛，再生一窩蛋。」颱風帶來的暴風雨吞噬了霧來村，該譴責這場風雨嗎？書中說：「我們住在森林邊緣，享受清新的空氣，欣賞美麗的山林風景，同時也承擔著大自然善變的風險。」大自然的一切運作，誰才能評斷對錯呢？

第三，學習的意義是什麼？

考試時，不論嘿熊寫什麼，老師都給他一百分，老師認為分數無法為熊的能力做出評價，同樣也不能評出每個小朋友的價值。到底學習的意義是什麼呢？看起來嘿熊似乎到學校學習，但人們才真的跟嘿熊學習了更多。例如同學好心送嘿熊鬧鐘，隔天鬧鐘卻吵醒整座森林，大家學到了大自然有自己計算時間的方式。詩怎麼寫？老師帶全班到森林裡去聽去聞去感覺去想，詩就跑出來了。嘿熊的到來影響了每個人，找到讓自己的靈魂小精靈快樂的方法，才是學習的意義。

看完這本書，每個人都會愛上熊同學的。我打包票。

雖然人熊殊途，無法永遠在一起，但「枇杷成熟時」的約定，卻讓讀者在悵然的同時，知道彼此的情感從不曾斷線。

不過，這故事是真的嗎？作者藉著書中的陳小果告訴讀者，她要將真實的故事用虛構包裝起來，讓讀者分不清楚是真的還是假的，看起來像假的，其實是真的。所以，是真是假不重要，重要的是加入霧來國小，和熊同學一起度過最美麗的季節！

推薦文

大自然最真摯的禮物

文／臺北市永安國小校長　邢小萍

教室裡出現一隻熊？如果發生在都會地區，恐怕會成為當天頭條大新聞！人們總是被既定的印象框架，但是好的小說能創造想像，讓我們的世界充滿不同的視野與理解！張友漁老師的新作《我的同學是一隻熊》將帶我們進入一個有溫度又充滿想像的國小校園中！

故事發生在霧來國小，霧來國小在臺灣某個海拔一千公尺高的山村，像這樣大多是隔代教養的森林國小，臺灣少說也有近千所。重點是「霧」，在這本書中扮演了很重要的角色，一陣濃霧過後，主角黑熊登場，他站在教室門口，還說著人話：「我—想—要—上—學，可—以—嗎？」

接下來，故事的發展圍繞在學校裡的黑熊和學生的家庭生活之間，黑熊入學就像小一新生一樣，他要有名字、要安排座位、學習使用人類的廁所和使用廁所的禮儀、要學習享用營養午餐、要聽懂笑話和學說笑話，當然還要學習寫字……當你以為故事就要如同王子遇見公主一般的幸福下去時，危機和衝突總是伺機而動——土石流掩埋了村子和學校，黑熊和孩子們的緣分難道就這樣斷了？

霧又來了，主角長大後回到森林尋找黑熊，他會再次見到這位同班同學嗎？你要自己去翻書找答案喔！這個故事虛虛實實，但是我真心相信因為孩子的天真與無私，和有理念的校長、老師的接納，曾經讓黑熊與孩子之間共同創造一段美好的回憶。

臺灣黑熊是臺灣特有的亞洲黑熊亞種，胸前有V字型白色斑紋，出沒在中央山脈海拔一千到三千五百公尺的山區，近來因土地開發導致棲息地喪失，臺灣黑熊的數量正在快速下降中。所以作者在創作這本小說時對黑熊下過工夫研究，因為颱風造成的土石流淹沒村莊和學校，導致遷村，也是臺灣近年來時有所聞的真實現象。故事中的黑熊——積極進取、有旺盛的學習力，更有著超級念舊的習性，是不是跟你我都有點相似？不是因為黑熊上過學，其實這是大自然最真摯的禮物！

一隻會說人話的熊，坐在你的座位旁邊，跟著你一起上國語、數學；一起到操場上跳大會操，玩鬼抓人……這應該是一樁美好的事！讓張友漁老師用文字運鏡，帶我們走進霧來國小的教室裡，想像我們正在跟著黑熊一起學習喔！

推薦文

溫暖人心的人熊奇遇

文／國小教師·閱讀推廣人 林怡辰

這本書一開頭，是一個連幼兒都會被吸引的奇幻情節：在霧來村裡的森林小學，一隻臺灣黑熊想和三年級學生一起上課，他說：「我－想－要－上－學，可－以－嗎？」

如果是你，你是會尖叫呢？還是逃之夭夭？或是好奇的問他一百個問題：「你為什麼想要上學呢？」、「你為什麼會說人類的話？」……如果嘿熊真的留下來，又會和學校師生有什麼互動？怎麼不讓嘿熊被別人發現？科學家會不會把他抓去研究？或是被抓去展覽？千百個問題在頭腦炸開，是不是很想趕快看看，友漁老師怎麼在故事裡施展魔法，讓故事合理延續又充滿引人入勝的神奇魔力？

故事雖從奇幻開始，但越讀越讓人懷疑整件事曾經真實發生，因為真摯的文字讓參與其中的每個人都和嘿熊產生感情，開始不捨鼻酸；霧來村的樣貌在腦海生了根，明明是書頁，卻能聞到高山冷冽的空氣，看見雲霧在眼前瀰漫，故事的情節如同電影一般一幕幕動起來：嘿熊手中的橡實、簡球老師點名的聲音、嘿嘿嘿的警告、余曉菲響徹雲霄的笑聲、亮亮的太陽的顏色果實、郵差先生ㄅㄨㄅㄨㄅㄨ機車聲、溪流轉彎的爪痕、爬大樹的大合照，最後迎向故事的高潮……

這個故事雖然簡短，卻刻劃了異常深刻的感情，我們彷彿也跟黎麥一樣，和嘿熊一起生活過一段時間，和他建立起友誼和感情，故事裡的一草一物意義變得不一樣了。故事主角們原本擔心嘿熊造成傷害，卻在實際和他相處後，希望嘿熊永遠不會受到傷害，伸出手和他相握、收下他的禮物、與他同悲同喜，並無條件的呵護他。

一直以來，都很喜歡張友漁老師的作品，跳進她營造的小說世界，當從故事世界裡出來後，往往會多了些溫暖和看待世界的熾熱目光。這不只是讀一本小說，而是來一場虛擬的人生體驗，處處有新意及溫暖，以及笑聲。而在人熊邂逅交心的奇遇故事之外，還接觸了臺灣山林的香楠樹、櫸木等動植物，無痕的將保育觀念引入，了解動物相關的基本知識、如何尊重生物，不用再額外說大道理，全部都包在《我的同學是一隻熊》的愛裡。

《我的同學是一隻熊》適合孩子也適合大人，是一本長長的詩、是一部文字電影、是個好歡樂又好悲傷的故事，小說的結局總是要留待讀者用時間慢慢咀嚼，才能換來屬於自己、獨一無二的體會和感動，這個美好禮物的包裝，等待你來翻開！

少年天下系列 —— 071

我的同學是一隻熊

作　　者｜張友漁
繪　　者｜貓魚

責任編輯｜李幼婷
封面設計｜BIANCO TSAI
內頁排版｜林子晴、極翔企業有限公司
行銷企劃｜葉怡伶

天下雜誌群創辦人｜殷允芃
董事長兼執行長｜何琦瑜
媒體暨產品事業群
總經理｜游玉雪
副總經理｜林彥傑
總編輯｜林欣靜
行銷總監｜林育菁
副總監｜李幼婷
版權主任｜何晨瑋、黃微真

出版者｜親子天下股份有限公司
地址｜台北市104建國北路一段96號4樓
電話｜（02）2509-2800　傳真｜（02）2509-2462
網址｜www.parenting.com.tw
讀者服務專線｜（02）2662-0332　週一～週五：09:00~17:30
讀者服務傳真｜（02）2662-6048
客服信箱｜parenting@cw.com.tw

法律顧問｜台英國際商務法律事務所・羅明通律師
製版印刷｜中原造像股份有限公司
總經銷｜大和圖書有限公司　電話：（02）8990-2588

出版日期｜2021年7月第一版第一次印行
2024年8月第一版第二十一次印行
定　　價｜320元
書　　號｜BKKNF064P
I S B N｜978-626-305-034-1

訂購服務 ——
親子天下 Shopping｜shopping.parenting.com.tw
海外・大量訂購｜parenting@cw.com.tw
書香花園｜台北市建國北路二段6巷11號　電話（02）2506-1635
劃撥帳號｜50331356　親子天下股份有限公司

國家圖書館出版品預行編目資料

我的同學是一隻熊/張友漁文. -- 第一版. -- 臺北市：親子天下股份有限公司, 2021.07
232面；14.8X21公分. -- (少年天下；71)

ISBN 978-626-305-034-1(平裝)

863.596　　110009387